TRANSFERÊNCIA MORTAL

Série policial

Réquiem caribenho
Brigitte Aubert

Bellini e a esfinge
Bellini e o demônio
Tony Bellotto

Bilhete para o cemitério
O ladrão que achava que era Bogart
O ladrão que estudava Espinosa
O ladrão que pintava como Mondrian
Uma longa fila de homens mortos
Punhalada no escuro
Lawrence Block

O destino bate à sua porta
James Cain

Nó de ratos
Vendetta
Michael Dibdin

Edições perigosas
Impressões e provas
John Dunning

Máscaras
Leonardo Padura Fuentes

Jogo de sombras
Tão pura, tão boa
Frances Fyfield

Achados e perdidos
Uma janela em Copacabana
O silêncio da chuva
Vento sudoeste
Luiz Alfredo Garcia-Roza

Neutralidade suspeita
A noite do professor
Transferência mortal
Jean-Pierre Gattégno

Continental Op
Dashiell Hammett

Uma certa justiça
Morte no seminário
Pecado original
P. D. James

O dia em que o rabino foi embora
Domingo o rabino ficou em casa
Sábado o rabino passou fome
Sexta-feira o rabino acordou tarde
Harry Kemelman

Um drink antes da guerra
Dennis Lehane

Morte no Teatro La Fenice
Donna Leon

Dinheiro sujo
Também se morre assim
Ross Macdonald

É sempre noite
Léo Malet

Assassinos sem rosto
A leoa branca
Henning Mankell

O labirinto grego
Os mares do Sul
O quinteto de Buenos Aires
Manuel Vázquez Montalbán

O diabo vestia azul
Walter Mosley

Aranhas de ouro
Clientes demais
A confraria do medo
Cozinheiros demais
Milionários demais
Mulheres demais
Ser canalha
Serpente
Rex Stout

Casei-me com um morto
A noiva estava de preto
Cornell Woolrich

JEAN-PIERRE GATTÉGNO

TRANSFERÊNCIA MORTAL

Tradução:
ROSA FREIRE D'AGUIAR

2ª edição
1ª reimpressão

COMPANHIA DAS LETRAS

Cet ouvrage, publié dans le cadre du programme d'aide à la publication, bénéficie du soutien du Ministère français des Affaires Etrangères, de l'Ambassade de France au Brésil et de la Maison de France de Rio de Janeiro.

Este livro, publicado no âmbito do programa de participação à publicação, contou com o apoio do Ministério francês das Relações Exteriores, da Embaixada da França no Brasl e da Maison de France de Rio de Janeiro.

Título original:
Mortal transfert

Projeto gráfico de capa:
João Baptista da Costa Aguiar

Foto de capa:
Henk Nieman

Preparação:
Eliane de Abreu Maturano Santoro

Revisão:
Beatriz de Freitas Moreira
Isabel Jorge Cury

Dados Internacionais de Catalogação na Publicação (CIP)
(Câmara Brasileira do Livro, SP, Brasil)

Gattégno, Jean-Pierre, 1944-
Transferência mortal / Jean-Pierre Gattégno ; tradução Rosa Freire D'Aguiar — São Paulo: Companhia das Letras, 1999.

Título original: Mortal transfert.
ISBN 85-7164-864-6

1. Ficção policial e de mistério (Literatura francesa) 2. Romance francês I. Título.

99-0162 CDD-843.91

Índices para catálogo sistemático:
1. Romances : Século 20 : Literatura francesa 843.91
2. Século 20 : Romances : Literatura francesa 843.91

2002

EDITORA SCHWARCZ LTDA.
Rua Bandeira Paulista, 702, cj. 32
04532-002 — São Paulo — SP
Telefone: (11) 3167-0801
Fax: (11) 3167-0814
www.companhiadasletras.com.br

A Monique Herbert
e a Élie Gattégno

Ao homem dos lobos
e a Jim Morrison

Marcar um tempo de reflexão agora se impõe.

Sigmund Freud,
Inibições, sintomas e angústia

1

— Que se há de fazer, não sei resistir ao que é brutal, é minha natureza. Com os homens sou capaz de ir muito longe, mas o gozo supremo, sempre recuso. É minha brutalidade particular. Junto com o desejo faço surgir a violência. Ao me ver, ninguém diria. Tenho um jeito educado, bem-comportado, uma autêntica filha de Maria. O senhor também se enganou. Pensou que eu fosse uma paciente dócil, a neurótica corrente, louca para ficar de bem com a vida, como todos os que freqüentam o seu divã. O seu divã desgraçado! Quando descobriu que não era nada disso, não me mandou embora, recusou-me essa violência. A maioria dos homens é assim também, eles não se atrevem a ir até o fim. A gente acha que são uns lobos e percebe que são uns cordeiros. Espantado? Mas é a verdade. A gente conta nos dedos das mãos os homens que sabem realmente fazer uma mulher sofrer. Sonham com isso, mas não vão mais longe. Max era diferente, quando o encontrei. Foi por isso que me casei com ele. Por causa do pior. Tudo nele transpirava violência. Uma violência implacável, controlada. Assim que o vi, senti que tinha uma capacidade fora do comum de fazer os outros sofrerem. Eu precisava disso. Não me arrependi, garanto-lhe. Nenhum homem conseguiu me maltratar desse jeito. Mas sempre salvando as aparências. Salvar as aparências é essencial, toda a fortuna dele foi construída em cima disso. As marcas de sua brutalidade só estão no meu corpo. Se ficasse nua, o senhor entenderia o que estou falando.

Fiz um esforço para me endireitar na poltrona.

Quando Olga Montignac abordava o capítulo pancadas e ferimentos, nada mais conseguia pará-la. Estávamos num fim de tarde, lá fora já era noite, a neve não cessava de cair, um silêncio pesado envolvia o consultório, e por cima do divã suas palavras de virgem masoquista me arrastavam irresistivelmente ao sono. Isso me acontecia de vez em quando com os obsessivos, e com os maníacos pelos detalhes, que não paravam de remoer as mesmas histórias. Mas se tratava de sonolências passageiras, ao passo que com Olga — assim que começava a fazer o inventário das brutalidades amorosas de Max — um poderoso torpor, mais tenaz que com meus outros pacientes, tomava conta de mim.

Devagarzinho, ela se virou para a parede. Vistos de minha poltrona, seus cabelos cortados à Jean Seberg formavam uma auréola dourada acima do tailleur de seda verde; as mãos, levadas à boca, davam a impressão de que ela chupava o polegar.

Seu olhar se deteve na tela *O 24º dia*, pendurada em cima da mesa. Era com toda a certeza uma das melhores de Daurat. Representava um túnel de concreto que virava para a direita. Apesar da massa imponente do concreto, sentia-se um dinamismo e uma leveza sugeridos pela curva rápida do túnel e pela luz que brotava das aberturas em forma de abóbada, à esquerda. O conjunto criava um clima de rigor e despojamento que lembrava o da psicanálise. Parecia que o túnel contornava a luz para se precipitar em profundezas inquietantes.

Talvez nessa inquietante estranheza de que falava Freud, e à qual Olga, com suas palavras, parecia fazer eco.

— Só que — ela prosseguiu — Max também acabou se sentindo encurralado. Cismou que queria fazer amor comigo. Imaginei que isso devia acontecer. Mas se me nego aos outros, não é para ceder a ele. Suas surras foram ficando assassinas. Todos os pretextos servem para me bater. Ele me acusa de voltar à Bernstein, de roubá-lo. Não sei de onde tira isso, mas por mais que eu negue não quer nem saber. Desde que começou a ter complicações com a justiça, ficou louco. Hoje de manhã, pela primeira vez na vida tive medo. Fugi, ele me perseguiu pela escada da casa, os empregados nos olhavam, perplexos, mas ele nem ligava, gritava que eu não passava de uma vagabunda que tentava criar problemas para ele, que queria vê-lo morto...

— É exatamente o que quer, não é?

A resposta foi imediata.

— Vá em frente, o senhor também, trate-me de vagabunda! — gritou, triunfante. — E já que é assim, pode começar a me bater! Está esperando o quê? Está morrendo de vontade, mas não se atreve. Só sabe ficar grudado na sua poltrona. Desde a história da delegacia o senhor me odeia, está convencido que quero lhe criar encrencas. Não diga que não, pois sabe que estou certa.

Estava certa.

Para criar encrencas, ninguém melhor que ela. Foi o que descobri às minhas custas, no mês passado. Estava voltando de uma sessão com Raoul Zlibovic. Talvez porque estivesse na mesma situação de meus pacientes, porque precisasse, por minha vez, sofrer os silêncios que infligia a eles, e porque sentisse uma espécie de vertigem em passar assim da poltrona para o divã, essas sessões eram sempre dolorosas. Por isso, naquela noite quis chegar o quanto antes ao conforto do meu apartamento. Mas mal entrei em casa o telefone começou a tocar.

Era Chapireau. Tínhamos nos visto na véspera, fiquei surpreso que me telefonasse tão depressa.

— Pode vir à delegacia?

— Agora? O que é que há?

— Não dá tempo de explicar — disse ele, desligando.

Desde que nos conhecêramos — nossa amizade vinha do liceu —, nunca se dirigira a mim naquele tom. Por isso é que não achei a menor graça naquele jeito de me convocar. Mas a curiosidade foi mais forte e sem demora fui ver o que é que o perturbava tanto.

A delegacia ficava perto do consultório. Aproveitávamos essa proximidade para almoçar num bom restaurante de vez em quando. Evocávamos nossa juventude, as confusões com nossas ex-mulheres — ele também era divorciado e tinha um filho —, o último filme badalado ou a situação política. Fora ele, eu não conhecia ninguém na polícia. De seu lado, a psicanálise o intrigava, ele não se cansava de me interrogar sobre o assunto, mesmo se minhas respostas o desconcertassem ou o irritassem. Esse interesse, às vezes ingênuo, espairecia-me dos aforismos lacanianos que alguns colegas repisavam durante todo um seminário, como se se tratasse de fórmulas mágicas que lhes ofereciam a chave do mundo. Era provavelmente uma das razões que me levavam a apreciar a companhia dele, mas dessa vez achei que nosso encontro não seria necessariamente amigável.

Logo que cheguei, ele me recebeu em sua sala.

— O que vou lhe pedir é um pouco delicado — disse, constrangido.

Desligando um telefone, chamou um de seus subordinados.

Instantes depois, acompanhada por um policial, uma jovem loura, de cabelos curtos e vestindo um mantô de oncinha, apareceu na moldura da porta.

Não pude reprimir um gesto de surpresa ao reconhecer Olga Montignac.

— É uma das suas pacientes, não é? — disse Chapireau, depois que o policial a levou de volta. E acrescentou: — É uma ladra.

Olhei para ele, estarrecido.

— Como assim, uma ladra?

— Uma ladra, está claro, não está? Uma especialista em furtos em lojas. Opera na Bernstein. Aquela joalheria, sabe, que faz o gênero supermercado do diamante. Conhece o lugar como a palma da mão, deve ter passado um tempo incrível estudando-o. Além disso, mas é difícil provar, com toda a certeza tem cúmplices entre as vendedoras. Com o barulho, a música, a multidão, os chefes de seção, os clientes intragáveis, no final do expediente elas estão uma pilha de nervos. Olga Montignac aproveita para roubar tudo o que lhe cai nas mãos. Não há meios de pegá-la! Se não fosse doida varrida, eu diria que é uma profissional. Nenhum ladrão volta a uma loja onde foi identificado. Ela, sim. Pelo visto, fica excitada tendo um exército de vigilantes grudados em seu pé. Obriga-os a ficar circulando de uma seção a outra, mas eles não vêem nada. Um dia, roubou um colar de pérolas de vinte mil francos lançando-o por cima de uma caixa e pegando-o do outro lado. Uma ousadia. Quando perceberam, era tarde demais. A especialidade dela são os relógios. De preferência, de ouro ou platina. Deve colecioná-los ou distribuí-los aos conhecidos.

Fez uma pausa para acender um cigarro, e depois:

— Uma cleptomaníaca astuta, se preferir. Mas imagino que não estou lhe ensinando nada, pois ela já lhe falou de suas façanhas.

Enganava-se, nunca tinha me falado. Eu não conseguia acreditar num retrato daqueles. Durante as sessões, Olga falava das brutalidades do marido, nunca de roubo em lojas. Nada, nenhum lapso, nenhuma alusão ou hesitação que me tivesse deixado com a pulga atrás da orelha. O que era uma espécie de façanha, de tal forma o divã é um lugar terrível, um solicitador de verdade a que dificilmente se escapa. Pelo que dizia Chapireau, não era só a vigilância da joalheria que ela conseguia tapear, mas a minha também.

— O que ela conta no consultório é segredo profissional — respondi. — Sinto muito, não posso dizer nada.

Ele me estendeu um jornal que estava jogado ali em sua mesa. Na primeira página havia a foto de um homem de uns cinqüenta anos, moreno, de rosto simpático. Em cima, um título em letras grossas indicava: "Fraude fiscal, notas frias, desvio de dinheiro público, o juiz convoca Max Montignac".

— O vigarista e a cleptomaníaca, um casal que combina bem — ironizou. — Imagino que o segredo profissional também o proíba de repetir o que ela diz a respeito do marido.

Essa atitude começou a me irritar.

— Você me convocou exatamente para quê? Em vez de ficar dando voltas, seria melhor dizer do que se trata.

— Não se irrite, já vai saber... No ritmo em que vão as coisas, o marido vai logo, logo dormir atrás das grades. Quanto à mulher, já está praticamente lá dentro. Há quatro dias, roubou um anel. Uma jóia de uns trinta mil francos, dezoito quilates, incrustada de esmeraldas. Um vigilante da loja a viu. Preparava-se para detê-la. Mas, em vez de ir embora com o anel, ela o enfiou debaixo dos lenços de outra seção. Anteontem, voltou para pegar o butim. O vigilante, que andava desconfiado desse golpe, mandou que ninguém tocasse em nada. Tudo aconteceu como previsto. Olga Montignac pegou o anel e foi até uma caixa com um lenço, que pagou, a fim de disfarçar. Infelizmente, percebeu que estava sendo seguida e mais uma vez conseguiu fugir. E ficaríamos nisso se ela não tivesse voltado hoje à tarde à Bernstein. Uma autêntica provocação, ninguém conseguia acreditar no que estava vendo. Dessa vez, não esperaram que fizesse das suas, agarraram-na imediatamente, um camburão foi buscá-la e a loja deu queixa. O inacreditável nessa história é que tudo indica que ela se deixou agarrar de propósito.

Parou, na certa esperando uma reação de minha parte. Não vendo nada acontecer, prosseguiu:

— Então, prenderam-na... Em vez de negar o roubo, o que seria lógico... afinal, não a pegamos em flagrante..., jura que não estava na Bernstein no dia em que a viram esconder o anel entre os lenços.

— Qual é o problema? O vigilante dará um testemunho dizendo o contrário.

— É um empregado da loja, não é testemunha juramentada. Vai ser a palavra dele contra a dela. Claro, todos vão se dispor a acreditar nele. Mas Olga Montignac alega que tem um álibi.

Apagou o cigarro num cinzeiro transbordando de guimbas, e acendeu outro. Essa história o deixava acabrunhado, raramente fumava tanto. Quando soltou umas baforadas para o teto, disse, evitando o meu olhar:

— Alega que, nesse dia, estava com você.

— Quê?

— É, numa sessão com o dr. Durand. Insistiu muito nisso. Por que o envolve na história, eu não sei, mas é evidente que está mentindo. É por isso que preciso do seu testemunho. Não se trata de me revelar o que ela lhe conta, não dou a menor bola para isso, mas de me dizer se estava no seu consultório, nesse dia. O segredo médico não o proíbe de responder. Não reclame — disse, diante de meu ar de desaprovação. — Se fosse outro, eu o obrigaria a me mostrar a agenda das consultas, mas você, basta a sua palavra.

Estava me gozando? Cem vezes lhe expliquei que a agenda só tinha os meus compromissos, e que como toda sessão, mesmo se a pessoa faltasse, devia ser paga, eu não via interesse em anotar se um paciente tinha ido ou não. Seguramente ele confundia agenda de consultas com registro de ocorrências. Tive vontade de fazer essa observação, mas me contentei em perguntar:

— O que acontecerá se eu disser que ela não estava comigo?

— Haverá contra ela o seu testemunho e o do vigilante.

— E você vai poder colocá-la atrás das grades, é isso?

Não respondeu. Peguei meu maço de Lucky, olhei-o sem saber muito bem o que fazer, depois o recoloquei no bolso. Ele tinha razão, Olga estava mentindo. Naquele dia, não foi me ver. Eu me lembrava muito bem, não havia ninguém depois dela, esperei-a algum tempo antes de fechar o consultório. Chapireau contava comigo para prendê-la. Era por isso que parecia tão constrangido. Veio-me então uma lembrança do liceu. Chapireau tinha escrito nas paredes frases hostis aos professores. Arriscava-se a ser expulso. Para defender-se, alegou que naquele dia estava na minha casa estudando para o vestibular. Convocado pelo diretor, confirmei seu álibi e ele escapou do castigo. A situação atual não era diferente. Mas, dessa vez, era ele que representava o papel do diretor.

— E então, ela estava no seu consultório?

— Estava.

Minha resposta o surpreendeu. E a mim também. O "estava" saiu contra a minha vontade, como um lapso.

— Tem certeza? Pense bem, um falso testemunho...

— É inútil assumir esse tom! Você me convoca como um suspeito vulgar para mandar para a prisão uma das minhas pacientes, e ainda por cima duvida da minha palavra.

— Por que protege essa mulher? — disse ele, furioso. — Tem alguma coisa particular entre vocês?

Preferi não levar em conta a insinuação.

— No dia em que, segundo o seu vigilante, Olga Montignac escondeu um anel entre os lenços — repeti —, ela estava no meu consultório. Não tenho nada a acrescentar.

— Tudo bem, mas está cometendo um grave erro, essa mulher só vai lhe trazer aborrecimentos.

É provável que tivesse razão, o que eu não estava com paciência para admitir. Convidou-me a acompanhá-lo até a outra sala e, apontando-me o policial instalado atrás de uma mesa, disse:

— Você vai ditar para ele o seu depoimento, e depois a sua... paciente poderá ir embora.

Em seguida, deu-me as costas e, pela primeira vez desde que nos conhecemos, não me apertou a mão.

No dia seguinte, recebi Olga.

Seguindo seu costume, colocou o mantô numa cadeira e depois se deitou no divã. Ao vê-la com o tailleur Chanel e as jóias que, só elas, representavam vários meses de análise, era difícil imaginar que se dedicasse a roubos em lojas.

— Obrigada pelo que fez por mim — disse.

Fiquei calado, e ela acrescentou:

— Há muito tempo queria lhe falar disso, mas no divã a coisa me parecia sem o menor interesse.

— Por quê?

— O que a gente conta aqui não tem conseqüências.

— Verdade?

— É, verdade. Que eu lhe fale das brutalidades de Max, do sol ou da chuva ou de qualquer coisa, o senhor não se mexe. Se lhe dissesse que era uma ladra, teria escutado da mesma maneira. De vez em quando, uma pergunta ou uma interpretação, quando o senhor não dorme, e depois: "Bem, minha senhora", e a sessão é suspensa. Assim, quis que corresse riscos por mim. Na sua poltrona, pode suportar tudo, mas, numa delegacia, o que é que ia fazer? Dizer a verdade para os guardas ou me ajudar a escapar? Ali o senhor se envolveria.

Eu a escutava, perplexo. Ela agira conscientemente! Impelira-me a dar um falso testemunho para que, segundo sua expressão, eu me envolvesse.

— Foi por isso que se deixou ser apanhada!

— Não se zangue. O senhor apenas enganou uns guardas. Eles se acham espertos, mas são uns incompetentes. Ajudei-os um pouco a me prender, é verdade. Senão, jamais teriam conseguido. Se o fiz correr riscos, também corri. O xadrez estava ali, bem diante do meu nariz, mas... graças ao senhor, escapei de novo. Compreendi que gostava de mim. Até então eu duvidava, agora sei. — Esperou uma reação que não veio, e depois: — Portanto, sou uma ladra. O dinheiro não tem nada a ver com isso. Max é rico, ele me dá tanto quanto eu quiser. Mas prefiro roubar... Descobri isso uma tarde, numa loja do Champs-Elysées. Não tinha a menor idéia do que ia fazer. Por mero acaso, fui à butique da Chantal Thomass e parei diante de uma meia-calça. Uma meia-calça, o senhor vai achar graça, mas foi uma revelação. Parecia que estava ali para mim. Era linda, escura, com uma costura atrás da perna, fios muito brilhantes e uma incrustação imitando diamante na altura do tornozelo, o toque de vulgaridade para excitar os homens, para lhes dar vontade de me bater. O modelo se chamava Provocante. Não podia ser melhor. O envelope da embalagem era de uma maciez incomparável. Parecia que eu estava tocando uma perna de mulher. De repente, tive certeza absoluta que aquela meia-calça era minha. A gente só rouba o que já é nosso. Então, sem refletir, sem ligar para as vendedoras nem para os sistemas de vigilância, tirei-a da embalagem e a coloquei na minha bolsa. Nada mais natural do que esse gesto. Poderia calçá-la ali mesmo, era minha, ninguém podia contestar. Aliás, ninguém contestou e saí da loja sem ser incomodada. Foi lá fora que compreendi o alcance de meu gesto. Eu não acreditava, tinha roubado! Esse ato me revelava a mim mesma, era de uma brutalidade irresistível. Era tão bom quanto a violência de um homem. Chorei de alegria. Assim, ao contrário de tudo o que roubei depois, aquela meia-calça eu guardei. Ainda a uso, é um troféu, a lembrança de minha estréia, se preferir...

Virou-se para mim e sorriu com ar cúmplice. Achei seu sorriso repugnante, mas foi provavelmente uma das raras vezes em que não dormi ao escutá-la.

— Daquela vez, tive sorte — recomeçou —, mas não podia contar com isso eternamente. Pensei que precisava operar com método, profissionalizar-me, se preferir. E, além disso, não ia passar meu tempo roubando lingerie, tinha outras ambições. Por isso é que escolhi a joalheria Bernstein. Tornou-se meu território de caça. Ninguém conhece esse lugar melhor que eu. Sei tudo sobre as melhores horas para agir, as possibilidades de cair fora. Fiz amizade com as vendedoras. Uma delas inclusive conseguiu uma chave para eu abrir os dispositivos anti-roubo de certos artigos. Em troca, ofereço-lhe uma parte do que consigo. Também tem umas que são umas pestes desgraçadas, sabe, mas estas, eu reconheço na mesma hora. Têm um jeito que não engana, igual ao dos vigilantes que tomam conta dos balcões. Nunca conseguem fingir que são clientes de verdade. Às vezes, são ajudados por policiais à paisana. Esses também, é fácil identificar. Há meses que os engano. Uma vez, roubei nas barbas deles um colar num manequim. Não perceberam nada. Claro, tem vezes que me pegam. Sou submetida a uma revista completa, mas ficam a ver navios e têm que me soltar. — Com ar triunfante, mostrou-me o pulso. Estava enfeitado com um relógio de valor. — É um Jaeger-LeCoultre de ouro cor-de-rosa, com um C maiúsculo no meio do mostrador. Vale uma fortuna. Poderia comprar dez iguais, mas era mais excitante roubar. Na Bernstein, eles sabiam que era eu que tinha dado o golpe, mas não conseguiram provar nada. Então, para se vingar, avisaram Max. Sempre que têm umas desconfianças, avisam a ele. É lamentável, esse procedimento.

— E quando Max é informado, ele lhe dá uma surra, não é?

— Tem cada crise de raiva pavorosa! Não por motivos morais, tranqüilize-se. Max não é disso, é um cara sem escrúpulos, disposto a tudo por dinheiro. Sei de coisas suficientes para que ele fique numa prisão até o fim de seus dias. Ao lado dele, sou um anjo. Mas uma esposa que rouba nas lojas, isso chama a atenção. Ele não quer saber disso. Ainda mais agora, com todas essas amolações. Sei que está pretendendo se arrancar para o estrangeiro. Tem medo que eu comprometa a sua fuga. Então me bate para me tirar a vontade de fazer besteiras. É o que diz, mas na verdade me bater o excita tremendamente. Apenas lhe dou o pretexto.

— E quando isso vai parar?

Ela pensa uns instantes antes de responder:

— Com a morte de um de nós dois, imagino.

Era, de fato, um modo de parar.

Com isso, encerrei a sessão.

Nas sessões seguintes, praticamente ela não tocou mais nos roubos em lojas. Quando eu abordava o assunto, deparava com sua recusa. Também não voltou ao episódio da delegacia, a não ser para me lembrar, com certa perfídia, o papel que eu tinha desempenhado. Fora isso, fui brindado mais uma vez com a ladainha sobre as brutalidades de Max. Talvez quisesse despertar em mim desejos tão assassinos quanto os do marido. O fato é que, apesar de suas provocações, insisti em continuar a recebê-la. Era como um banco: se você deve pouco dinheiro, o banco encerra a sua conta, se deve muito, vai mantê-la esperando ser reembolsado. Era a mesma coisa com Olga. De tal forma me deixei possuir por ela, que queria entender o que tinha me acontecido. Nem que fosse para dormir assim que abordasse o capítulo das sevícias, o que, aliás, mal me protegia das brutalidades que ela contava. Seu discurso perfurava a sólida muralha de sono atrás da qual eu me refugiava. Abolindo qualquer fronteira entre a realidade e o sonho, esse discurso se materializava em imagens de uma nitidez espantosa, ganhava um relevo que as palavras, por si só, não poderiam lhe insuflar. Literalmente, eu vivia o que ela me contava. Max se deitava sobre ela, os sopapos choviam, as mãos subiam até sua garganta e ele apertava com toda a força. Do fundo de meu sono, eu o aprovava, compartilhava seus esforços para punir a esposa. E acordava tão exausto como se realmente a tivesse maltratado.

Essa persistência na animosidade me perturbou mais do que eu poderia pensar. Abri-me com Zlibovic. O velho analista ficou imperturbável. Para ele, minhas trapalhadas com Olga não passavam de um epifenômeno, seu silêncio escrutava o que estava em jogo no mais profundo de mim. No entanto, uma vez reagiu. Eu estava lhe contando um sonho em que Olga ria do desejo de Max, enquanto ele a espancava no divã, e Zlibovic me perguntou:

— E quando isso vai parar?

A pergunta me espantou. Era exatamente a que eu fizera a Olga. Será que eu poderia lhe responder: "Com a morte de um de nós dois"? Aliás, ele não me deu tempo, levantou-se da poltrona e endireitou a gravata-borboleta, dando-me assim o sinal para eu ir embora.

Falei disso também com Florence, minha ex-mulher e analista famosa, que volta e meia eu encontrava, apesar do divórcio. Estávamos jantando perto do Opéra, no Grand Café Capucines, restaurante que eu apreciava tanto pela cozinha como pela decoração do início do século. Comuniquei-lhe as minhas dificuldades com Olga, mas omiti a sua cleptomania e, sobretudo, o deplorável episódio da delegacia.

— A sua donzela lhe paga para você escutar essas histórias de sacanagem, goza com isso — disse Florence, no tom de quem sabe tudo —, e você cai nessa história como um patinho. Se quer minha opinião, ela está se dando ao luxo de ter um gigolô, por intermédio de um psicanalista. Um gigolô que não vai tentar trepar com ela. É óbvio, pois você dorme enquanto ela fala!

Os anos podiam passar, mas em matéria de interpretação assassina Florence não tinha concorrentes. Assim, preferi mudar de conversa, uma vez que, sendo convidada para o próximo congresso de psicanálise de Chicago, ela não estava com cabeça para cuidar dos meus problemas.

Quando nos deixamos, tive um curioso pressentimento. Na noite seguinte ela pegaria um vôo para Chicago, e eu, na mesma hora, receberia Olga. Mas estava longe de imaginar os aborrecimentos que minha paciente me traria.

Na esperança de driblar o sono, olhei pela janela. Em poucos dias a avenida Trudaine tinha mudado de aspecto. Uma grossa camada de neve cobria as calçadas e os automóveis estacionados, e os postes formavam uns buracos luminosos, impotentes para vencer a escuridão. Com exceção dos raros carros que andavam em marcha lenta e do homem apoiado no muro do Liceu Jacques-Decour, a avenida estava deserta. Minha atenção se fixou naquele homem. Eu já o havia encontrado. Ele dizia se chamar Érostrate, seu aparecimento no bairro datava de umas semanas. Desde então, não se passava um dia sem que fosse visto perambulando, metido num casacão forrado de pele e usando um boné de marinheiro vindo provavelmente de um centro da Comunidade de Emaús. Quando me via, precipitava-se para saber notícias minhas ou para se lançar em considerações sem o menor interesse sobre o rigor do frio, a psiquiatria, ou qualquer assunto que lhe desse na telha. Embora tivesse se tornado um tipo familiar — alguns diriam, pitoresco — do bairro, eu o achava meio invasivo. Não raro o mandava passear, mas ele não se magoava e aproveitava a primeira ocasião para puxar conversa comigo de novo.

Logo o frio e a neve o derrotaram. Depois de dar uma última olhada para o meu consultório, afastou-se em direção à praça d'Anvers, puxando atrás de si um saco de rodinhas razoavelmente estragado, que devia conter toda a sua fortuna.

E me vi sozinho com Olga. Queria que eu a tratasse de vagabunda e que batesse nela.

Deixei passar a tempestade sem reagir.

— Cruzei o vestíbulo do térreo tão depressa quanto pude, mas quando cheguei no pátio o portão estava fechado. Em geral fica aberto, e aí tive a impressão de que Max o fechara de propósito para não me deixar sair. Apesar de todos os meus esforços para abri-lo, não consegui, e Max continuava a me perseguir, vinha se aproximando, ia me pegar. Puxei com toda a força os batentes do portão, mas não se mexeram. Parecia um pesadelo, queria fugir, mas estava paralisada sem sair do lugar. Por mais que fizesse, Max vinha se aproximando.

O tabefe também, provavelmente.

— Mais do que a história da Bernstein, o que o deixava furioso era que ele achava que eu tinha roubado os seus...

O que teria roubado? O sono não me deu tempo para saber. Lá fora, a neve caía com uma lentidão infinita. Os flocos se desenhavam tão nítidos que se podia seguir a trajetória deles pela vidraça. Acompanhei essa queda, o que me arrastou para uma eternidade silenciosa e calma. Logo me vi cercado por uma espécie de bruma, cuja brancura se confundiu com a neve. As palavras de Olga se diluíram. De repente, a queda se acelerou e compreendi que não era a neve que eu estava acompanhando, mas Olga em sua fuga. Num último esforço, endireitei-me na poltrona. Em vão: já estava dormindo.

Porém, nada parecia ter mudado ao redor.

Eu estava à espreita na poltrona e, fora o murmúrio de Olga, o silêncio era total. Conhecia muito bem esse silêncio. Às vezes, era pontuado de ruídos dos pacientes que esperavam ao lado. Ruídos leves, insuficientes para perturbar o contínuo verbal que vinha do divã. Esses pacientes eram de um recato exemplar. Quando entravam na sala de espera, após um olhar vagamente insistente para os que já estavam lá e um rápido cumprimento imitando à perfeição a neutralidade analítica, sentavam-se numa cadeira e dali não saíam até chegar a sua vez no divã. Adivinhava-se a presença deles por um jornal sendo amassado, um soalho gemendo, ou por uma tosse logo reprimida; raramente se permitiam mais que isso. Escutava-se apenas Mai-Li, que passava o aspirador na sala, enquanto no andar de cima uma mulher cantava com voz grave: "É a hora solene". Esses ruídos eram tão discretos quanto os pacientes, em nada contradiziam o silêncio do consultório. Ao contrário, realçavam a sua intensidade, assim como o abajur da sala, que abarcava com sua luz a poltrona, o divã e *O 24º dia* de Éric Daurat, relegando à sombra, à maneira de um quadro do Quatrocentos, o resto do aposento. E nesse lugar esquecido pelo resto do mundo, só o sono do analista e o cochicho de uma paciente tinham o direito de existir.

— Aí, Max me obrigou a subir de novo para o quarto — Olga continuou. — Estava numa calma assustadora. Seu olhar fixava um ponto mais além de mim, não me via. Senti que ia acontecer alguma coisa terrível. Jogou-me num sofá e se deitou em cima de mim. Pensei que queria fazer amor. Tentei escapulir, mas não consegui. Para conjurar meu medo, cobri-o de palavrões, dizia-lhe todas as porcarias que me passavam pela cabeça. Mas o safado não ouvia. Ao mesmo tempo que tentava me forçar, suas mãos agarravam minha garganta, apertavam cada vez mais forte...

Foi então que vi Max Montignac sentado ao lado de sua mulher.

Toda vez que o via assim, perguntava-me como tinha entrado no consultório. Não o vira na sala de espera quando fui chamar Olga. De onde surgira? Que porta tinha sido forçada? O mistério continuava por inteiro. Abruptamente, via-o na minha frente, quando um instante antes não estava em lugar nenhum. Mas ele não esclarecia nada, no máximo dava de ombros, o que significava: "Deveria saber, pois é o senhor que está sonhando". Sobre as razões de sua intrusão, também era pouco loquaz. O que vinha fazer aqui? Impor-se como uma contradição a Olga? Retificar algumas de suas alegações? Teria sido uma estranha iniciativa, de modo algum dentro do espírito analítico.

Quis lhe pedir que saísse, mas nenhum som saiu de minha boca. Da mesma maneira, não consegui levantar o braço para lhe apontar a porta. E compreendi que mais uma vez teria que me resignar com a presença dele, assistir, impotente em minha poltrona, aos maus tratos que infligiria à esposa.

Como costumava fazer, virou-se para mim e me cumprimentou. Já tinha vindo tantas vezes que começávamos a nos conhecer. Ora ele era igual à descrição que Olga fazia, ou à imagem dada pela imprensa — alto, moreno, falando alto e forte, gostando de exibir sua riqueza, um gastador exuberante, para quem o essencial era aparecer: Rolex no pulso, Weston nos pés, terno Cerruti ou Saint-Laurent a fim de impressionar, em suma, um homem bem-sucedido mas deslumbrado —, ora se parecia comigo a tal ponto que pensava me ver num espelho. Foi o caso desta vez. O homem que estava com Olga se parecia comigo em tudo, desde a estatura média, o jeito um pouco encurvado, os olhos azuis, o cabelo louro — que ele jogava para trás com esse gesto mecânico que tanto irritava Florence — até o terno cinza-chumbo, cortado como o meu, que usava sem ostentação especial. Um clone de mim mesmo. A não ser que fosse o contrário. O fato é que, quando seu olhar parou em mim, tive a impressão, como durante suas visitas anteriores, de me ver com os olhos dele. Descobri-me confortavelmente instalado na poltrona, com os olhos semicerrados, a boca entreaberta, da qual escapava um leve assobio, enquanto minhas mãos, crispadas nos braços da poltrona, demonstravam a luta ridícula para resistir ao sono.

Depois que me cumprimentou, a sessão entrou no ritmo costumeiro. Olga descreveu as brutalidades que Max lhe infligia e este se pôs a executá-las. Em vez de se defender ou fugir, ela se prestava ao jogo com uma convicção espantosa. As bofetadas choviam, sem fazer barulho. Eu adivinhava a violência pelos tabefes que a deslocavam para o outro extremo do divã. Ela não tentava se esquivar, arqueava os quadris, oferecia o rosto para ele a fim de não perder uma migalha das pancadas que recebia, e ao mesmo tempo ia comentando-as.

Eu também não perdia nada da cena. Assim que Max tivesse sumido e eu acordasse, ainda tonto com o que sonhara, teria que anotar cada detalhe para contar a Zlibovic.

Enquanto isso, Max mandava brasa. A certa altura, virou-se para mim e com um gesto me convidou a ocupar o seu lugar.

Para minha grande surpresa, ouvi-me respondendo:

— Como analista, não tenho o direito de tocar nela. Mas, por favor, continue.

— Se acha que é engraçado forçar uma virgem — ele disse.

Mas continuou, e era Olga que contava.

— Agora, tenta abrir minhas coxas. Só pensa nisso, o imbecil. Mas não vou ceder. Ele sabe disso, e então sobe devagarinho até minha garganta. Suas mãos seguram minha nuca enquanto os dois polegares tentam se unir. É doloroso, meu corpo vai estourar, os polegares se juntam devagar. Minha garganta parece presa entre tenazes, ele vai esmigalhá-la, a pressão dos polegares se acentua. Apertam-me cada vez mais.

No apartamento vizinho, a voz cantava: "Para apagar a mancha original e de Seu pai cessar a cólera". Essas palavras, impregnadas de fervor, pareciam se confundir com as explicações de Olga. Deixando-me guiar por elas, apertei com toda a força os braços da poltrona. Logo senti muita dor nos antebraços. Quis soltar os braços, mas em vão: minhas mãos estavam soldadas ali, apertavam com força, e esse gesto não terminava.

Comecei a ficar impaciente. Precisava acabar com isso. Era a minha última analisanda. Assim que fosse embora, Mai-Li traria minha xícara de café e eu me sentiria melhor.

Seria uma baforada de oxigênio. Apesar de sua atitude distante, Mai-Li me inspirava muita simpatia. Era uma jovem morena, miúda, como muitas asiáticas, com uns trinta anos, talvez menos, mas dificilmente se podia julgá-la com base em critérios ocidentais. Expulsa do Camboja pelos khmers vermelhos, conseguira, depois de muitas tribulações, chegar a Paris e se instalar com a família.

Durante o dia, trabalhava para mim, e à noite, num restaurante do XIIIe *arrondissement.* A dureza de sua vida não lhe arrancava uma só queixa, ela simplesmente fazia o que tinha que fazer. Essa arte de enfrentar discretamente as vicissitudes da vida representava a meu ver uma das formas mais autênticas de coragem, e explicava em grande parte a estima que eu tinha por ela.

Como se compreendesse a minha expectativa, Max usou todo o seu peso para pressionar a garganta da mulher. Na atitude de Olga tudo expressava uma intensa aprovação. Ele a apertou conscienciosamente, enquanto, apesar do cansaço, minhas mãos recomeçavam seu trabalho nos braços da poltrona.

O rosto de Olga ficou escarlate, seu fôlego ficou cada vez mais curto, apareceu saliva no canto dos lábios. A pressão que Max lhe fazia era tão violenta que ela não podia mais falar. Mas era inútil, pois agora as coisas seguiam o seu curso. Por um instante Max e ela se viraram para mim, o olhar dos dois me pareceu extremamente fixo. Depois, Olga arqueou os quadris para melhor se oferecer ao marido.

Mas, bruscamente, foi repelida.

— A gente tem que saber parar um abraço — disse ele. — Do contrário, o que faríamos com o corpo? Seria muito desagradável, não acha, doutor?

Sem esperar resposta, largou Olga e se dirigiu para a sala de espera. Era inacreditável como se parecia comigo. Quis chamá-lo, mas o barulho de uma porta batendo ao longe me acordou sobressaltado.

Levei certo tempo para me recobrar.

Olhei ao redor. O consultório estava mergulhado numa semipenumbra, num silêncio reconfortante. Uma sessão comum. Cada um no seu lugar. Eu na poltrona. Olga no divã.

Uma olhada no relógio me indicou que eram sete horas. Tudo aquilo durara apenas meia hora. No entanto, a sensação era ter dormido uma eternidade. De qualquer modo, era melhor acabar. Olga parecia esperar uma interpretação. Esperaria até a próxima vez. Dali a pouco Mai-Li me traria o café, só isso contava.

— Bem, minha senhora — disse, levantando-me.

Ela não se mexeu.

Debrucei-me sobre ela.

Max tinha mentido, não parara o seu abraço. Eu poderia avisar a Olga, quantas vezes quisesse, que a sessão tinha terminado, ela não iria embora. Seus olhos estavam parados e a ponta da língua lhe ultrapassava os lábios. Bem embaixo, uma mancha roxa cruzava sua garganta.

Parecia um colar que a morte acabava de lhe imprimir.

2

Costuma-se imaginar que a psicanálise constitui um breviário do equilíbrio psíquico, permitindo que a pessoa se livre de todas as dificuldades. É uma visão intelectual. Modesta em suas ambições, ela permite sobretudo suportar sem grandes estragos as frustrações e os sofrimentos que são o quinhão de cada um, não ajuda necessariamente a vencer uma catástrofe.

Quanto a mim, em nada me ajudou. Minha primeira reação foi me precipitar para a janela e escancará-la. Um ar glacial entrou no consultório. Será que achei que isso seria suficiente para reanimar Olga?

Depois, dei duas ou três voltas no consultório, vítima de um pânico incontrolável. Ao ver o maço de Lucky em cima da mesa, joguei-me para cima dele, acendi um cigarro, dei umas tragadas, febril, antes de apagá-lo. Quando me senti um pouco mais calmo, fechei a janela e voltei para o divã.

Olga jazia inerte diante de mim. Fixava o teto, seu olhar nada expressava. A marca em volta da garganta, a língua para fora, o rosto congestionado, tudo comprovava o estrangulamento. Seu corpo parecia algo absurdo, fraturado. Não emanava nenhum desejo. Não existia mais. Um instante antes, ela me contava como Max a violentava; agora, fazia pensar num objeto colocado por engano em cima do divã. Fora deixada ali, com uma mancha arroxeada no pescoço. A ponta da língua que aparecia lembrava uma careta que estaria saudando esse ato.

Agarrei-a pelos ombros, sacudi-a com toda a força, ela não reagiu. Quando a soltei, caiu, pesada. Peguei seu pulso. Não batia mais. Da boca não saía nenhum sopro. Esses sinais talvez não permitissem concluir, segundo a expressão consagrada, que tinha havido uma morte "real e constante", mas despertaram em mim um velho reflexo médico. A morte, ao contrário do que costumamos crer, não é uma parada brutal da vida, mas um processo que se estende aos poucos ao conjunto dos tecidos. Era uma de minhas raras lembranças de medicina legal. Quem sabe se ainda não era tarde demais? Respiração boca a boca e massagem cardíaca, alternando-se. Só me restavam vagas noções. Mas tão distante, e a psicanálise tinha tão pouco a ver com esse tipo de exercício!

Pus-me em cima de Olga, abri o casaco do tailleur, deixando à mostra o peito coberto de rendas pretas. Com a base da mão pressionei diversas vezes o seu esterno. Depois, colei minha boca na sua, soprei, apertando as narinas para evitar que o ar escapasse, e em seguida voltei ao esterno, depois de novo à boca, e assim por diante, massagem e respiração artificial conjugadas, sem parar, mais e mais, apesar do cansaço e da dor, que recomeçava a devorar meus antebraços. No apartamento de cima, a mulher cantava: "O mundo inteiro treme de esperança". Esse cântico tinha algo de reconfortante, acompanhava meus gestos, trazia-os à realidade imprimindo-lhes a regularidade necessária. Logo foram ficando mais precisos, e tive a impressão de reencontrar uma habilidade que nunca perdera de todo.

Mas nem assim Olga deu qualquer sinal de vida. Vários minutos se passaram e os únicos resultados foram os seios saírem da taça do sutiã de renda e as molas do divã rangerem a cada pressão sobre o esterno.

O boca-a-boca tampouco deu certo. Será que eu não tinha inclinado o suficiente a cabeça dela para trás? O fato é que sua língua impedia o ar de passar. Por mais que eu tentasse recolocar a língua perto do palato, ela escapava, teimosa, para se enfiar entre meus dentes e vasculhar minha boca, transformando a operação de salvamento num beijo pesado do qual eu tinha uma enorme dificuldade para me livrar.

Mas nem por isso parei de insuflar o ar e de massagear. Esses gestos, por mais inúteis que fossem, preservavam-me dessa morte, de seu aspecto irremediável.

Poderia continuar realizando-os infinitamente, mas ouvi baterem na porta que dava para a escada interna. Antes que tivesse tempo de reagir, a porta se abriu e Mai-Li entrou com uma xícara de café.

De modo geral, ela não deixava transparecer nenhuma emoção, mas dessa vez foi diferente. Ao me ver me empenhando, ao ritmo de um concerto de molas, em cima de uma paciente de peito de fora, pareceu literalmente fulminada. Pensei que ia começar a gritar. Mas não fez nada. Pôs a xícara em cima da mesa, fugiu e bateu a porta.

Por um instante pensei em agarrá-la. Mas para lhe dizer o quê? Que não devia entender mal aquela situação, e que na verdade uma mulher acabava de ser estrangulada? Seria pior ainda.

Larguei Olga. Meus esforços tinham sido inúteis. Ela se imobilizara um pouco mais na morte, seu olhar atingira uma fixidez da qual parecia impossível tirá-la. Perguntei-me se os pensamentos faziam como os tecidos, se se apagavam progressivamente, ou se, ao contrário, paravam de vez. Mas a essa pergunta, nenhum saber médico, ainda que consagrado pela comunidade acadêmica, teria condições de responder.

Novamente o pânico me invadiu. Assassinada em plena sessão. No meu divã, um cadáver que parecia um disparate. Quem tinha feito isso? Eu ou o homem com quem sonhei? Escondido no meu apartamento, ele — Max Montignac? — teria esperado o instante propício para agir? Teria trabalhado enquanto eu dormia, executando os gestos com os quais sonhei, e eu não teria percebido nada? E se fosse eu que tivesse feito esses gestos? Mal me atrevia a pensar, e no entanto... Ainda ouvia Florence me dizendo: "Ela lhe paga para você escutar essas histórias de sacanagem, e você cai como um patinho". Eu teria caído a esse ponto? Seria para isso que aceitara Olga Montignac na análise, para reduzi-la a essa imobilidade? A idéia me gelou. Podia ter feito aquilo, eu e não o homem que se parecia comigo? Achei que não tinha saído do lugar, mas havia aquele cansaço nos antebraços. Era possível estrangular uma mulher apertando os braços de uma poltrona?

Evidentemente, fora um ataque de loucura.

Episódio confusional agudo, *acting out* delirante, momento de balanço. Não faltavam termos de psiquiatria para qualificar esse tipo de situação. Poderiam ser aplicados a mim? Não tinha a menor idéia. Olga se sentia em perigo com o marido: a aventura deles, dizia-me, só acabaria com a morte de um dos dois. Curiosamente, isso se ligava à pergunta de Zlibovic. O que podia haver entre mim e essa mulher? Por ora, preferi não pensar nisso e me concentrei em Max. Teria ele organizado essa encenação para me acusar? Mas como teria entrado aqui? Olhei para a sala de espera, imaginando que ele ia aparecer para me explicar que eu estava tendo um pesadelo, que ia acordar, que a vida retomaria seu curso, que amanhã eu voltaria a ver Zlibovic, e que faria as associações que quisesse sobre isso. O milagre não se produziu, a porta da sala de espera ficou fechada.

Por via das dúvidas, fui verificar se ele estava lá. Era uma cretinice, mas precisava tirar aquilo a limpo. Não havia ninguém, Olga estava morta, a sensação de ter passado toda a sessão na poltrona não me absolvia dessa morte.

Peguei o telefone e liguei para Chapireau.

Várias chamadas soaram até que eu ouvisse uma secretária eletrônica. E reconheci a voz de Zlibovic na mensagem gravada. Surpreso, recoloquei o aparelho no gancho. Não sabia como interpretar esse erro. Será que queria implorar a ajuda de Zlibovic ou confundia delegacia de polícia com consultório de analista? Não pensei mais nisso e liguei de novo para Chapireau, agora tomando o cuidado de discar o número certo.

"O delegado está numa ligação", disse um funcionário de plantão com voz entediada, "tem que aguardar." Depois, sem esperar resposta, pôs o aparelho numa gravação em ritmo de samba.

Tive vontade de jogar o telefone pela janela. Dava para ouvir os tamborins desenfreados, enquanto a intervalos regulares uma voz de aeroporto me informava que estavam tentando localizar o delegado. Olga jazia no divã, e essa música tirava de sua morte toda a dimensão trágica. Tornava-a um não-acontecimento, que permanecia à espera tendo um samba ao fundo. Uma informação em vias de tratamento policial, mais nada.

Mais nada... Pensando bem, o que mais eu podia esperar de Chapireau? Nosso último encontro fora bastante esclarecedor para mim. Só o que contava era a prisão de Olga. A amizade não existia no horário do expediente. Um assassinato na avenida Trudaine! Essa frase era, por si só, um detonador de faróis giratórios e de sirenes. Mal eu a pronunciasse e, amigo ou não de Chapireau — mas será que ainda era? —, a polícia entraria no meu apartamento como num país conquistado, montaria seu quartel-general, passaria tudo pelo seu crivo, para descobrir sabe Deus o quê, enquanto o médico-legista constataria a morte de Olga, os fotógrafos fariam fotos, e me interrogariam sem maiores delicadezas. Mesmo que não quisesse me destruir, Chapireau se orientaria necessariamente para a única hipótese plausível. O assassino só podia ser eu. Por que procurariam em outro lugar um suspeito que apresentasse todas as aparências da ficção, que entrasse à vontade no meu domicílio, que tivesse o meu rosto e agisse bem diante do meu nariz, quando na verdade tinham um que tudo acusava? Se Montignac queria se livrar da mulher, como ela afirmava, teria escolhido condições mais favoráveis. Além disso, bastaria que tivesse um álibi irrefutável no momento do crime para que eu fosse inevitavelmente suspeito.

De repente, a campainha da frente tocou.

Surpreso, desliguei o telefone, sem saber o que fazer.

Olga olhava o teto, o consultório estava mergulhado num silêncio sufocante, e mais longe o mundo exterior me lembrava de sua existência com um toque de campainha.

Com passos hesitantes, cruzei a sala de espera e me imobilizei diante da porta de entrada. Senti que havia alguém do outro lado. Uma presença inquieta, cuja ansiedade atravessava a porta e a cortina que a protegia.

Quem podia ser? Mai-Li? Mas por que teria voltado? E, além do mais, tinha a chave do apartamento. Max, então? Não tinha sentido. O mais provável é que fosse um paciente cuja sessão eu teria esquecido. Bastava verificar na agenda ou espiar pelo olho mágico. Mas temia que o menor movimento me traísse. O que era um absurdo, pois meu visitante seguramente sabia que eu estava ali.

Novo toque de campainha.

Dessa vez, achei que era difícil não fazer nada.

Puxei a cortina e abri.

Para minha grande surpresa, era a professora de matemática, a deprimida histérica do Liceu Jacques-Decour. Baixa, gorducha, curvada sobre si mesma, com sua pasta apertada contra a barriga, como se estivesse grávida.

— O que deseja?

Minha pergunta a desconcertou. Parecia que eu tinha lhe feito uma pergunta difícil numa sabatina.

— Precisava vê-lo — disse num tom de estudante flagrada em erro. — É, sei que hoje não é dia de sessão, mas se pudesse me receber... Não agüento mais... meus alunos, é um horror... Se estiver ocupado com outro paciente, posso esperar.

Ocupado com outro paciente, ela dizia cada coisa!

Gostaria de lhe dizer que era inútil esperar, que seria melhor voltar para casa e corrigir as provas ou se preparar para a próxima baderna na escola. Mas ela era de um masoquismo e de uma cara de pau! Bastava vê-la, com o ar implorante, disposta a usar todas as manhas do sofrimento e do patético, para entender que não me livraria facilmente. Quando resolvia grudar, era terrível. Nesse capítulo, eu sabia do que estava falando, seus alunos provavelmente também, pois a torturavam sem conseguir vencer sua assiduidade. Qual Fênix renascendo das cinzas, sempre reaparecia para uma nova dose de caçoadas e de mesas viradas. Depois, vinha me contar suas façanhas e eu não conseguia mais me livrar. Aproveitando minha hesitação, já tinha conseguido pôr um pé na sala de espera. Percebi então que a porta do consultório estava aberta e que se podia ver lá dentro.

— Um momento — gritei, correndo para fechá-la.

A ocasião era boa demais. Ela se esgueirou pela sala de espera e sentou numa cadeira, muito decidida a ficar o tempo necessário. Tirá-la dali me pareceu ainda mais difícil do que impedi-la de entrar quando estava no patamar.

— Volto já — disse, dando-me por vencido.

Ela disfarçou a satisfação com um ar de cachorro espancado — esse que devia excitar tanto seus alunos — e se acomodou melhor ainda na cadeira. Voltei para o consultório, pensando como ia sair daquela situação.

Pô-la para fora, nem que fosse aos tapas, ou...

A idéia não surgiu de imediato.

Agir na emergência — e até mesmo agir pura e simplesmente — não era meu forte. Na época em que éramos casados, essa deficiência irritava Florence. Para ela, a escuta numa poltrona era a forma mais elaborada da ação. "O importante", dizia, "é conduzir a análise, e não se submeter a ela. Não lhe pagam para cochilar."

Para cochilar! A expressão me veio com a violência de uma bofetada. Mas, dessa vez, minha ex-esposa não estava absolutamente certa. Havia talvez uma maneira de me livrar da professora de matemática. Sem dúvida, era uma loucura, mas não tive tempo de procurar outra saída.

Peguei Olga pelos ombros e a fiz escorregar para o carpete. Ela aterrissou sem barulho. Empurrei-a sob o divã, tentando encostá-la o mais perto possível da parede. À custa de algum esforço — seu corpo tinha uma elasticidade que complicava a operação —, consegui escondê-la toda sob o estrado. Para vê-la, seria preciso se pôr de quatro, mas eu duvidava muito que a professora de matemática levasse o desejo de humilhação ao ponto de entrar rastejando no consultório.

Em seguida, fiz o mantô e a bolsa desaparecerem atrás da poltrona e voltei a cuidar do divã. A marca de Olga formava um ligeiro afundamento no centro, ainda quente de sua presença. Sentia-se um perfume discreto e provavelmente caro. Afofei o divã com o dorso da mão e recoloquei no lugar a almofada de onde vinha a fragrância dispendiosa.

Verifiquei uma última vez se tudo estava em ordem e fui buscar minha paciente.

Não foi uma sessão das mais usuais.

O clima do consultório com certeza contribuiu para isso. Assim que a professora de matemática entrou, parou ali mesmo com uma expressão de pavor que eu nunca tinha visto. Nem entrar numa sala de aula devia apavorá-la a esse ponto. Pensei que ia sair correndo, mas, depois de titubear um pouco, dirigiu-se para o divã dando a sensação de que estava subindo no cadafalso.

Deitou-se, não sem repugnância, olhando sem parar ao redor, como para se convencer de que estava mesmo com seu analista. Aquele local a deixava gelada. Parecia que tinha se extraviado num matadouro e que se mantinha toda encolhida para prevenir uma catástrofe iminente. Fiel ao seu hábito, ficou com o mantô e a pasta, que apertava contra si. Isso lhe dava um jeito de múmia que gostaria de desaparecer debaixo das faixas. Não chamar a atenção, essa era a sua estratégia. Estratégia da inexistência, apurada por anos de desgraça. No entanto, por mais que se tornasse invisível, não conseguia escapar do carrasco. Este estava dentro dela. As lamúrias, cuidadosamente preparadas na sala de espera, desmoronavam ao primeiro lapso. E esse lapso a acertava bem no meio da cara, igual a uma bolinha de papel ou um pedaço de giz lançado com toda a força por alunos enfurecidos. Ela então passava o resto do tempo a soluçar, até que eu, cansado de suas choradeiras, encerrasse a sessão.

Mas dessa vez o perigo era de uma natureza que lhe escapava. Ficou muito tempo sem dizer nada. Virava-se ora para um lado ora para o outro, sem encontrar posição. Seu olhar interrogava a porta, a mesa, o abajur, *O 24º dia*, agarrava-se desesperadamente a esses objetos para se tranqüilizar, querendo que eles lhe avisassem que estava tudo normal e que ela podia chorar à vontade.

De meu lado, tampouco me sentia à vontade. Era a primeira vez que lidava com duas pacientes ao mesmo tempo. Uma em cima do divã, outra embaixo. Uma incapaz de dizer qualquer palavra, a outra definitivamente muda. Separadas por um estrado, mas, no fundo, tão parecidas. Obcecadas pelo mesmo desejo de morte. O sonho de uma era a obsessão da outra. Estrangulada por um homem ou linchada pelos alunos, que diferença fazia? Nos dois casos, anulavam-se até o gozo supremo. Quem sabe se foi por isso que cedi à professora de matemática? A seu jeito, ela prolongava a sessão de Olga. Assim como esta, não sabia resistir ao que era brutal. "Eles vão me matar", dissera um dia, referindo-se aos alunos. Era sem dúvida o que procurava no magistério. Ser crucificada.

No apartamento ao lado, ouvi a vizinha cantar: "Povo de joelhos, espera a tua libertação". Essas palavras pareceram inspirar a professora de matemática, que murmurou com voz de além-túmulo:

— Estou com medo... gostaria de morrer, desaparecer debaixo deste divã.

Senti meu cabelo se arrepiar. Desaparecer debaixo deste divã! E o que mais?

Dei um pulo e me levantei da poltrona.

— Bem, minha senhora — disse, dirigindo-me para a porta.

Ela não reagiu.

— Bem, minha senhora! — repeti, também sem sucesso.

A angústia me apertou. Afinal de contas, ela não ia me repetir a história de Olga! Dirigi-me a ela, a passos largos. Sim ou não, ia sair do seu caixão ou não ia? Mas ela não tomava uma decisão. Cadáver sobre outro cadáver, aspirada por baixo, puxada para um lugar que eu não sabia qual era, a professora de matemática permanecia surda a toda e qualquer injunção para que fosse embora. Só seus olhos se mexiam. Estavam imóveis em cima de mim e expressavam um terror indizível.

— Bem, minha senhora! — berrei.

Dessa vez, ela me ouviu. Recostou-se e me fixou com um ar perdido.

— O que está acontecendo?... Devo ter dormido.

— Terminou — respondi, seco —, é hora de sair.

Levantou-se a muito custo, pôs trezentos francos em cima da mesa e foi embora sem querer mais saber de nada.

Da janela eu a vi atravessando a avenida Trudaine em disparada. Na pressa, escorregou no gelo, levantou-se como pôde, apanhou sua pasta e andou depressa para chegar à pracinha d'Anvers, em direção ao bulevar.

Quando saía do consultório, Olga atravessava a avenida mais ou menos na mesma altura. Metida no caro mantô de oncinha avermelhado, abria o seu Lancia estacionado defronte do liceu, entrava, ligava o carro e logo arrancava. Sua vaga quebrava o alinhamento dos veículos estacionados, até que outro carro a ocupasse e dela não restasse mais nada. Eu mandava o paciente seguinte entrar ou, se não houvesse mais ninguém, ia pela escada interna para o meu apartamento, no andar de baixo.

Nessa noite, o Lancia não saíra do lugar, e o que restava de sua dona estava escondido debaixo do meu divã.

Fechei a janela. Depois de uma sessão dessas, a professora de matemática provavelmente não voltaria. Mas não perdi tempo me interrogando sobre isso. Deitei-me no carpete, puxei Olga, não sem dificuldade, e a coloquei em cima do divã.

Depois, instalei-me na poltrona, perguntando-me o que ia fazer.

* * *

A bem da verdade, não tinha a menor idéia.

Várias horas se passaram, durante as quais fumei, sentado atrás de uma paciente muda para sempre, cigarro após cigarro, sem encontrar nem sombra de uma solução.

Só tinha duas certezas. A primeira era que Olga estava morta; a segunda, que tinha sido estrangulada durante a sessão. No mais, sentia-me num nevoeiro. A polícia não ficaria nesse nevoeiro por muito tempo, a justiça tampouco. Eu tinha feito perícia psiquiátrica nos tribunais e sabia que, de modo quase instintivo, sempre se preferia a hipótese que parecia a mais plausível. Que eu fosse o assassino ou a vítima de um golpe arquitetado, o resultado seria idêntico. Na melhor das hipóteses, concluiriam pelo assassinato em estado de demência e, em virtude do artigo 64 do Código Penal, iriam me mandar para um hospital psiquiátrico. Demente ou não, era eu o culpado? Sonhar em infligir a Olga os mesmos tabefes que seu marido me levara a cruzar o espaço que separava a poltrona do divã, o desejo de sua realização? Vi-me cruzando esse espaço. No sonho, é verdade. Tanto faz: um homem em tudo parecido comigo estrangulara Olga. Não sei dizer se era eu, Max Montignac ou qualquer outro. Essa incerteza abafava dentro de mim qualquer reflexão e qualquer emoção, não sentia por esse ato nem raiva nem remorso, só a angústia de não entender nada.

Pelo meu relógio eram quase onze da noite. A cantora do apartamento vizinho se calara, uma calma impressionante reinava no consultório. A seu modo, a morte gravara a própria marca. Os objetos que em geral acompanhavam meu trabalho pareciam marcados por uma estranheza, transformados de certa maneira nos acessórios de um rito fúnebre. A luz era de outro teor, ao mesmo tempo escura e mais densa lá fora, a noite parecia uma placa de mármore preta encostada na janela. Até o silêncio mudara. Não tinha nada a ver com aquele silêncio tão calmo que conferia profundidade às palavras dos pacientes e ressonância às minhas intervenções. Era agora um silêncio de pedra tumular, de onde não saía nenhuma palavra.

Deitada na minha frente, Olga continuava se decompondo. Ao se retirar dela, a vida aumentou a distância que nos separava. Olga fixava o teto com olhos que já não viam, uma ponta de língua pendia de sua boca entreaberta. As maçãs do rosto estavam mais salientes, o osso do nariz também, e o olhar, único elemento fixo dessa metamorfose, afundara nas órbitas. Achei que a pele estava com um tom de terra que diluía a marca do estrangulamento. No hospital, aprendi a fechar os olhos e a boca dos mortos com gaze embebida em éter. Mas aquele rosto que passava insensivelmente para o outro lado, que trabalhava em sua própria destruição, dava-me nojo. Também seria preciso recolocar os seios no sutiã. Percebi que estavam cobertos de equimoses, "as marcas de violência estão sobretudo no meu corpo, se me visse nua o senhor entenderia o que estou falando", ela me dissera. Diante desse peito machucado, meu nojo cresceu. Nem sequer consegui reabotoar o tailleur. Para não ver mais, contentei-me em virá-la de bruços e puxar a colcha. Depois, na poltrona, deixei o tempo passar.

Várias vezes o sono me venceu. Um sono comparável ao das sessões. Sonhei que Olga ressuscitava, virava-se para mim, convidava-me com palavras obscenas a ir para o seu lado. Eu não resistia. E no divã um homem recomeçava indefinidamente o mesmo crime. De repente, batiam na porta e Chapireau aparecia com uma xícara de café. "Polícia!", gritava, como num filme americano, "esteja preso, tudo o que disser poderá ser usado contra você." Em meu foro íntimo, eu o aprovava: uma analisanda estrangulada diante do analista era algo que não se podia deixar passar. Nesse momento começou a tocar o telefone. Mas não tive coragem de atender na frente de Chapireau, e o telefone continuou a tocar.

Foi esse barulho que me acordou.

— É você? — disse uma voz de mulher.

Levei certo tempo para reconhecer Rebecca.

— O que houve? — disse com esforço.

— O que houve? — Ela custava a controlar a irritação. — Nada, exceto que é uma da manhã e não tenho mais vontade de ficar esperando por você.

Por que me esperava? Tive vontade de lhe perguntar, mas depois, devagar, eu me lembrei: nessa noite havia o seminário do Círculo Freudiano, no Hotel Hilton. Grossmann faria uma intervenção sobre o real, o simbólico e o imaginário, a partir dos nós borromeanos de Lacan. Eu devia encontrar Rebecca após o seminário.

Senti-me atrapalhado.

— Desculpe — gaguejei —, o... o seminário durou mais tempo que o previsto. Era muito tarde, acabo de chegar em casa... Ia lhe telefonar, você não me deu tempo.

— Mais tempo que o previsto! Não deboche de mim, Michel Durand. Você não estava no seminário. Liguei para o Hilton, ninguém o viu. É melhor dizer que estava com outra pessoa.

— Não é o que você está pensando — protestei, com uma voz insegura —, garanto que...

— Não perca tempo, não sou a primeira nem a última com quem você trepa no seu divã. Só que, quando isso acontecer, evite marcar encontro comigo. Do contrário vira bagunça.

Nisso, ouvi um clique, seguido do sinal de ocupado. Ela desligara.

Dei uma olhada para Olga.

Com outra pessoa... Ela escolhera o momento ideal para fazer uma cena. Não que fosse de natureza ciumenta, mas, de todas as mulheres que conheci, Rebecca era com certeza a mais imprevisível, se não a mais irascível. Bastava eu dizer ou fazer alguma coisa que lhe desagradasse, e ela não hesitava em me largar no meio de uma noite que se anunciava promissora — e depois podia me deixar na geladeira durante várias semanas, ou, ao contrário, baixar na minha casa no dia seguinte, sem avisar, sem pensar na briga da véspera.

Na verdade, eu vivia com ela uma espécie de tornado amoroso iniciado alguns meses antes numa galeria de pintura, onde entrei por acaso, impressionado com os quadros expostos. Quadros sem nenhuma composição, sem nenhuma pesquisa, um caos pulsional — foi a expressão que me veio à mente —, formas, cores que se misturavam sem preocupação de coerência, uns claros-escuros, contrastes, massas e dégradés que coabitavam ignorando solenemente problemas de harmonia ou equilíbrio. Em suma, uma pintura instintiva, cacofônica — o contrário de *O 24º dia* —, mas que transmitia, quase sem querer, uma força que não deixava ninguém indiferente. Rebecca também não tinha me deixado indiferente. Ela estava zanzando pela galeria com cara de tremendamente entediada, de já não estar se sentindo envolvida com a sua pintura nem com os comentários que faziam a respeito das telas. Isso me deu vontade de lhe dirigir a palavra.

— Há no seu trabalho — disse — uma provocação das mais salutares.

— Já me disseram cem vezes — respondeu num tom indiferente.

Pensei que ia me deixar plantado ali, mas para minha grande surpresa acrescentou:

— Em vez de me dizer banalidades, convide-me para jantar.

Mostrou-me um sujeito todo arrumadinho, em grandes conversas com um amador de arte.

— Isso evitará que eu fique com Boris. Ele vai me dizer quantos desses quadros vagabundos vendeu e quanto ganhei graças a ele, e depois vai querer trepar comigo. Toda vez é a mesma coisa, acaba cansando.

Gostaria de saber se Boris já tinha conseguido realizar seu objetivo, mas não me atrevi a perguntar. Pouco depois, fomos para um restaurante perto da galeria.

Durante o jantar, falamos de pintura e psicanálise.

— Ainda tem gente que se deita num divã para contar a vida? — perguntou, espantada.

— É mais para compreender o que a torna insuportável.

— E funciona?

— Às vezes.

Ela caiu na risada.

— Quanto a mim, quando me deito, a vida deixa de ser insuportável.

Também ri. Obviamente, a vida a tinha feito engolir muitos sapos, mas achei que, longe de querer fugir, ela ao contrário tirava daí a força para pintar e ser bonita. Os cabelos lhe caíam em cachos castanhos sobre o rosto, ela os afastava com um gesto de cabeça, revelando assim olhos de um verde muito puro. Talvez tenha percebido a admiração que demonstrei, pois sorriu para mim. Na verdade, nenhum de nós dava a menor bola para o que o outro contava. O importante era o que ia acontecer depois do jantar. Quando pedi a conta, disse, encarando-me:

— Você devia me deixar experimentar seu divã... Acho que gostaria muito.

Foi assim que começou uma relação tão tumultuada como a pintura dela. Toda de contradições e enfrentamentos, na qual nada era simples, na qual passávamos sem parar da exaltação ao desespero, do rompimento à reconciliação. Tinha a curiosa impressão de que só nos amávamos para melhor nos deixarmos. Mas me agarrei nela tão solidamente como num sintoma. Um sintoma de que ela se defendia com brigas incompreensíveis, longas ausências e reencontros súbitos. Será que me recriminava pelo pouco interesse que demonstrei por sua pintura? Não era boba a ponto de acreditar no que lhe disse sobre o seu trabalho na galeria, e nem se enganava por eu ter comprado um quadro dela para expor em minha sala. Tratava-se de uma tela pomposamente intitulada *O fim do mundo*. Num fundo azul, estriado de riscas e com manchas de cores violentas, apareciam, como associações de idéias, formas de tom pastel e contornos incertos, que pareciam se dissolver — ou surgir? — na tempestade que as envolvia. Um emaranhado que lembrava a própria pintora e pelo qual só senti um interesse moderado. "Se comprou para me agradar, foi um ato falho. Prefiro que faça amor comigo", ela me dissera. Tinha razão, eu também preferia. Era provavelmente a única razão de nos encontrarmos. Mesmo nesses momentos me tratava cerimoniosamente, como para manter, também aí, uma distância entre nós. Ficava mais desejável ainda. Com a cabeça para trás, parecia escutar uma música interior, que me era comunicada. Deixava-me levar pelo frenesi e nossos corpos mexiam em uníssono, numa harmonia que jamais conheci com outra mulher.

Mas naquela noite a esqueci.

Por causa, justamente, de outra mulher. Uma mulher que talvez tivesse me impelido a um adultério macabro, e que, morta, ameaçava arruinar minha vida.

Uma onda de ódio subiu em mim, mas logo se desfez. O ódio só existia contra os vivos. Melhor ligar para Rebecca, explicar-lhe o que tinha acontecido. Não ficar sozinho com essa morta. Peguei o telefone e disquei seu número. Deu sinal de ocupado. Devia ter tirado o fone do gancho para que eu não a chamasse.

Com um gesto cansado, desliguei.

Quando me levantei para pegar um cigarro em cima da mesa, meu olhar caiu no mantô e na bolsa de Olga escondidos atrás da poltrona.

Peguei a bolsa. Além de vinte mil francos em dinheiro líquido, havia documentos do carro, uma carteira de motorista com o seu endereço, na avenida de Montespan, no XVIe *arrondissement*, chaves, dois estojos de pó-de-arroz da Van Cleef & Arpels, um outro do Cartier, dois Rolex e um Baume et Mercier incrustado de diamantes. "Sua especialidade são os relógios", dizia Chapireau. De fato, com o Jaeger-LeCoultre de ouro rosa no pulso, só em relógios havia uma fortuna. A isso se somavam o colar e os anéis, evidentemente caros, que lhe enfeitavam o pescoço e as mãos. Se era o seu butim da Joalheria Bernstein, podia-se compreender o desespero de Chapireau. No fundo da bolsa, achei também minha caneta Montblanc, sumida semanas antes. Nada disso me esclarecia essa morte. Decepcionado, pensei que seria mais sensato avisar a Chapireau.

Foi então que lembrei do meu ato falho. Em vez de ligar para ele, liguei para Zlibovic. Será que devia tomar esse erro ao pé da letra, na cronologia que ele supunha? Primeiro, a análise, depois, a polícia. Ver claro em mim, se é que uma sessão me ajudaria, e depois as coisas tomariam o rumo que tomassem.

Senti-me quase melhor. Essa decisão me deu a impressão de dominar os acontecimentos. Senti uma vontade repentina de sair do consultório, de ir lá para fora me limpar de tudo o que estava encerrado ali. Guardei os vinte mil francos na gaveta da mesa, abri a janela, fui buscar o casaco no armário e instantes depois estava na avenida Trudaine.

Estava mais gelado ainda do que eu pensava. Uma perigosa camada de gelo cobria as calçadas. Os postes não iluminavam nada. Mas, apesar da escuridão, percebia-se o Lancia de Olga estacionado do outro lado da avenida. Fui até lá tomando cuidado para não escorregar.

As portas estavam fechadas. Deu-me raiva de não ter trazido a chave, tentei todas as maçanetas, nenhuma abriu. Ia desistir quando ouvi alguém dizer:

— Mecânica danada, esse Kappa LX, dois litros e ele arranca.

Virei-me e dei de cara com Érostrate.

— O que está fazendo na rua a esta hora? — perguntei, espantado.

— Podia lhe perguntar a mesma coisa, chefe. Por que está a esta hora defronte do carro de uma de suas pacientes?

Meu coração deu um pulo no peito.

— Como é que você sabe que é o carro de uma de minhas pacientes? — perguntei, gaguejando.

— De tanto zanzar pelo bairro a gente descobre um monte de coisas. Se quer saber, vou lhe explicar um dia, pois agora estou começando a me cansar. Achei um emprego de Papai Noel numa loja. Faço isso toda noite. Tenho que ir embora. Como já lhe disse, moro lá nos cafundós.

Não me lembrava se ele havia me dito aquilo, mas não tinha a menor importância. Só era importante o que ele sabia sobre Olga e o Lancia. Mas ele já se afastava puxando seu saco de rodinhas.

Chegando diante da praça d'Anvers, gritou:

— Não se preocupe, vamos nos ver breve.

Depois desapareceu na noite, com o saco atrás dele.

3

— Minha vida parou ontem. Como aconteceu, não sei. Estava no fundo de um buraco negro e, quando emergi, ela estava morta. Senti muita dor nos antebraços. Já viu uma mulher estrangulada? É horroroso. Tinha uma marca na garganta, a língua fora da boca. Impossível reanimá-la. Teria que avisar a polícia, pelo menos Chapireau, mas com aqueles tamborins tocando samba não consegui. Depois chegou aquela professora carente de escuta. Devia tê-la mandado embora; mas, em vez disso, escondi o cadáver debaixo do divã, igual a um assassino. Quem sabe se não sou? No sonho, eu era espectador e ator. Será que se pode estar ao mesmo tempo na poltrona e no divã? Era o marido que eu via, mas era eu que estrangulava. Por que teria feito isso? Depois do seminário do Hilton, iria encontrar Rebecca na casa dela. Não fui ao seminário e me esqueci completamente de Rebecca, tudo por causa da estrangulada. Essa mulher só vai lhe trazer aborrecimentos, disse Chapireau. Como reagirá quando souber? Antes de vir, deixei Olga em cima do divã. No meu divã, já imaginou? Janela escancarada, para que se conserve, e ela deitada, vazia, sem nenhum pensamento, sem a menor associação de idéias. Para ela, acabou-se o inconsciente, acabou-se o desejo, acabou-se a neurose, acabou-se a infância a ser repensada, está tudo acabado. E, para mim, acabou-se o futuro. Quando contar isso aos guardas, vão me atribuir essa morte e deixar os peritos decidirem se sou um assassino ou um maluco. A gente conhece a lengalenga deles: crime ou ataque de loucura? Responsável ou irresponsável? Momento de balanço, trovoada em céu claro, ato premeditado ou episódio confusional agudo? Todo esse jargão que não explica nada.

Protegido pela escuridão do consultório — o abajur sobre a enorme cômoda império mal iluminava a sala —, Zlibovic escutava calado. O que pensava de tudo aquilo? Também acreditava na trovoada em céu claro? Esse analista tarimbado, de passado prestigioso, cuja vida se identificava com a psicanálise, não se deixava enganar facilmente. Conhecera Freud, convivera com gente tão eminente como Marie Bonaparte, Sacha Nacht, Daniel Lagache, participara da fundação da Escola Freudiana e criara, após a dissolução desta, o Círculo Freudiano, cujos trabalhos serviam de referência, apesar das dificuldades que encontrava no plano financeiro. Mas graças a ele o Círculo continuava a existir. Eu admirava que, na sua idade, ainda tivesse energia para ser o presidente, mas Florence tinha péssima impressão dele. "Um gagá folclórico, incapaz de tocar seu negócio, com um sotaque húngaro, julga-se um Ferenczi." Esse julgamento me parecia tão cruel como gratuito. Zlibovic controlara minhas análises durante anos. Às vezes, desavenças a respeito de pacientes tinham nos oposto,* mas tudo entrara em ordem, e eu lhe era grato por ter me aceitado em seu divã.

No entanto, nessa manhã tive a impressão de que me deixava sozinho com o meu problema. Nunca o silêncio

(*) Ver *Neutralidade suspeita.*

dele me pareceu tão pesado. Busquei em vão o que poderia acrescentar, mas não me veio nada à mente. O divã ficava defronte da janela. Dali se via o Centro Beaubourg, ou pelo menos o que o nevoeiro deixava entrever: vagas cores imersas num céu esbranquiçado.

— Espera uma explicação da psicanálise? — perguntou Zlibovic.

— Não foi para isso que vim, foi para...

As palavras morreram em minha boca. Por que tinha ido lá? Para fazer um balanço da situação antes de avisar Chapireau? Era o que pensava antes de me deitar no divã, mas a psicanálise não tinha que explicar nada. Era por outra razão que eu estava ali.

— Para saber — recomecei — se posso largar Rebecca. Largá-la em troca da prisão ou do hospital psiquiátrico é um estranho rompimento, não é? Ir parar entre quatro paredes, sem ela. Não vou mais ouvi-la dizer: "Vamos fazer uma sessão de amor, agora mesmo". Uma sessão, para um psicanalista... Não tenho vontade de deixá-la, ainda que a vida com ela seja impossível, ainda que pareça não saber para onde ir, assim como os seus quadros. Não dá a menor bola para o fato de eu não gostar de seus quadros. Quando comprei *O fim do mundo*, riu na minha cara. Formamos um casal curioso, solidário da cintura para baixo. É a primeira vez que vivo uma coisa parecida com uma mulher. Nada a ver com o que conheci com Florence. Quando estávamos casados, éramos de um pudor inacreditável. É verdade que de vez em quando fazíamos umas extravagâncias, fazer amor diante dos espelhos da sala, mas nossas fantasias paravam por aí. Em geral ficávamos no quarto, onde nossas relações eram marcadas por um respeito além do qual raramente nos aventurávamos. Tive amantes depois do divórcio, mas não posso dizer que com elas fosse muito diferente do que era com Florence. Ao passo que, com Rebecca, não temos vergonha de nada, o desejo é nossa única regra. Não temos outro objetivo a não ser satisfazê-lo. Por isso é que ela estava furiosa, deixei-a esperando com o seu desejo. Acusou-me de estar com outra mulher, como se tivesse pressentido a presença de Olga. Curiosa rival. Olga recusava no amor tudo o que Rebecca procura. Verdadeiros antídotos. Pelo visto, eu só poderia agüentar uma se ficasse com a outra. A distância que separa um divã de uma cama talvez não seja tão grande... Mas para mim tudo acaba de desmoronar. Perco em todas as frentes, pacientes e amante. Rebecca não pára de repetir que quer me deixar, que o nosso caso não leva a nada. Se é de fato o que quer, motivos não faltarão. Ao voltar, vou ligar para Chapireau, e depois... seja o que Deus quiser.

— Bem, Michel.

Sem me deixar acrescentar nada, Zlibovic se levantou da poltrona.

Também me levantei, paguei seiscentos francos e fui embora depois de cumprimentá-lo. Uma sessão que parecia outra qualquer, e cujo significado me escapava.

Lá fora, estava gélido. O Centro Beaubourg e os prédios em volta desapareciam na bruma. Não se enxergava a mais de um metro. Entrei no Volvo, liguei o motor e saí devagar. Envolvia-me um lençol leitoso, de onde surgia de vez em quando um carro em marcha lenta. Toda a cidade parecia imobilizada, parada num silêncio definitivo, assim como Olga Montignac no divã. Minha vida ia sofrer a mesma sorte? Nesse ponto, não avancei nada com Zlibovic. A análise só tem sentido na duração, é verdade, o milagre não surge numa sessão. Depois de vários anos descobrimos, sem prestar muita atenção, que mudamos e que a aventura está chegando ao fim. Seria o meu caso? Mas abandonar Zlibovic nessas condições equivalia mais a uma ruptura do que a um fim. Uma ruptura pela força das circunstâncias, ou melhor, da lei. Fazia três anos que eu freqüentava aquele divã. O que me levara até lá era, no fundo, algo muito corriqueiro: um divórcio de que realmente não me refiz e que tentava superar ao lado de Rebecca e do meu filho Mathieu, lamentando só vê-lo um fim de semana sim, outro não; e talvez outras razões, mais fluidas, mais impalpáveis, que de vez em quando brotavam na minha prática analítica e que, todas, conjugavam-se para alimentar em mim uma desesperança quase permanente.

E agora que acabava de sair do consultório de Zlibovic, achei que nada disso fora abordado. Na hora, pensei em voltar lá. Mas ninguém voltava para retomar uma sessão, mesmo se ela deixasse um gosto de inacabado. A verdade é que não entendia nada do que estava me acontecendo. Salvo que entrava num pesadelo que era tão denso quanto o nevoeiro que me cercava.

Por causa do tempo, levei quase uma hora para chegar à avenida Trudaine. Tinha uma vaga atrás do carro de Olga. Bati a porta do carro quando vi Érostrate surgindo do nevoeiro.

— Tempo desgraçado, chefe — disse ele levando um dedo à viseira do boné. — A gente nem vê a ponta do sapato.

— Nem por isso você deixou de me ver.

Ele me soprou no rosto um bafo de álcool.

— É o hábito de andar pelo bairro, já lhe disse, acabo sabendo um monte de coisas. Por exemplo, terça-feira, o senhor chega lá pelo meio-dia e meia e estaciona na avenida. Tinha uma vaga aqui, claro que era para o senhor.

— Em outras palavras, você estava me esperando.

Ele deu de ombros.

— Modo de falar. Só trabalho de noite. Daqui até lá, tenho que matar o tempo. Já fiz minha provisão de anticongelante, e se abusar não vou estar em condições de trabalhar na Papai-Noelaria. Vão me mandar embora, lá na loja. Eles são umas feras, por causa da criançada precisam de um Papai Noel que se mantenha de pé, senão demitem a gente. — Depois, mostrando-me o Lancia de Olga: — A sua paciente ainda não veio pegá-lo? Fez mal, com o frio, a bateria pifa. Tem que dizer isso a ela quando aparecer. Acho que é amanhã.

Não respondi, e ele continuou:

— Se bem que um psicanalista não tem que cuidar de carro. Ele... — Hesitou um pouco, como se procurasse as palavras. — Ele cuida disso — falou, mostrando-me a sua garganta.

Esse gesto me deixou gelado.

— O que é que você está querendo dizer? — perguntei, com voz assustada.

— Não se irrite, eu estava falando por falar — ao mesmo tempo, segurou a garganta com o polegar e o indicador —, era para dizer que as palavras saem daqui, e as palavras são o seu departamento, não é?

Nesse instante, houve um certo tumulto atrás de nós. Virei-me e percebi, mergulhado na bruma cinza, um ajuntamento defronte do Jacques-Decour. Era a hora da saída. Os alunos se amontoavam na calçada. Pareciam sombras de contornos incertos, cujos ruídos chegavam até nós abafados pelo nevoeiro que nos envolvia.

— Sabe, conheço um pouquinho de psiquiatria — recomeçou Érostrate. — É por isso que gosto de conversar com o senhor. Não é todo dia que a gente tem à mão um homem do ramo. — Deu uma olhada inquieta para os alunos. — Acho que é melhor não ficar aqui fazendo hora. Com os jovens... Ontem, forcei um pouco a dose de anticongelante e eles aproveitaram para se divertir com o meu saco de rodinhas. Foi difícil à beça pegá-lo de volta. Tomara que não recomecem hoje.

Levou um dedo à viseira e depois agarrou a alça do saco de rodinhas. Antes de ir embora, mostrou-me o Lancia de novo.

— A sua paciente é uma loura que faz o gênero rica, não é? Mas mesmo assim fale com ela da bateria. Porque uma bateria que morre, é impossível ressuscitar. Entende o que quero dizer?

Fazia de propósito? Desde o início da conversa tive a impressão de que não parava de fazer alusão ao destino de Olga. Mas como poderia saber? É verdade que o Lancia ficara debaixo do meu prédio, mas daí a adivinhar a razão... Será que teria alguma intenção maldosa? Será que falava de fato da bateria? Difícil saber...

O fato é que depois dessas palavras ele se afastou.

Vendo-o sumir na névoa, achei que o saco de rodinhas e ele formavam um todo.

Mai-Li estava arrumando a cozinha quando cheguei em casa. Respondeu ao meu olá com a frieza costumeira, como se nada tivesse acontecido na véspera.

Havia várias mensagens na secretária eletrônica. Esperava encontrar uma de Rebecca. Primeiro foi a de um paciente que queria mudar o horário da sessão, depois a de outro que pedia uma entrevista mas não deixava nenhum número onde eu pudesse encontrá-lo. Havia também um recado de Jean-Claude Charvet que confirmava sua participação, com David Grossmann e Christiane Lévêque, no grupo. Esses encontros nos reuniam na terceira sexta-feira do mês, um de nós apresentava um texto teórico — freqüentemente de Freud ou de Lacan —, e depois debatíamos apoiando-nos na nossa experiência clínica. Pensei cá comigo que o encontro seria anulado por causa do meu encarceramento, e depois ouvi o resto. Um colega me propunha falar num seminário, uma mulher de voz sedutora anunciava que eu ganhara uma cozinha equipada contanto que apertasse a tecla estrela do telefone. Mas recado de Rebecca, não havia nenhum.

Subi para o consultório — estava fechado a chave para que Mai-Li não pudesse entrar. A janela ficara aberta a noite toda, por isso o lugar parecia uma geleira. Comecei puxando a colcha que cobria o divã. Estendida de barriga para cima, com a cabeça enfiada nas almofadas, Olga parecia uma bola de seda verde, um pouco amarrotada. O braço direito, dobrado nas costas, formava um ângulo anormalmente agudo com o ombro, o outro braço desaparecia sob o ventre, e as pernas, também dobradas num ângulo estranho, pareciam isoladas do resto do corpo. Esse espetáculo me fez lembrar a girafa de pelúcia com que eu brincava na infância. Maltratei-a tanto que suas patas se mexiam para todo lado e o pescoço só ficou preso ao tronco por um fino pedaço de pano. Com Olga, era igualzinho. Nada estava preso a nada, era um corpo sem unidade, e de certa maneira a morte restituíra a liberdade a cada uma das partes que o formavam. Um dos sapatos — um par de Fratelli Rossetti de salto agulha — escorregara para debaixo da mesa. Sentindo certa repugnância em recolocá-lo em seu pé, deixei-o ao lado dela. Percebi então que usava uma meia de náilon escura de fios muito brilhantes, com uma fina incrustação imitando diamante na altura dos tornozelos. O modelo Provocante, seu primeiro furto numa loja. "Um troféu, a lembrança de minha estréia", ela me dissera. Será que uma premonição a levara a calçá-la no último dia de vida?

Fui fechar a janela e depois liguei para Chapireau.

"O delegado só vai chegar no início da tarde", informou-me o plantonista entediado da véspera. "Liga de novo ou quer deixar recado?"

Sorte minha que não me deixou pendurado ouvindo os tamborins. Respondi que ligaria de novo e desliguei.

Início da tarde era modo de falar. Se Chapireau estivesse fazendo uma investigação, ninguém podia prever quando voltaria. Será que era melhor avisar um de seus colegas? Mas preferi me dirigir a ele, não por achar que teria boa vontade comigo, mas porque conhecê-lo me ajudava, apesar de tudo, a enfrentar essa situação. Dei uma olhada na agenda e, salvo o Ejaculador Precoce, à noitinha, não havia ninguém marcado para hoje. Liguei para o escritório dele para desmarcar a sessão. A secretária me informou que ele estava na rua, num compromisso, mas que eu podia ligar para o seu celular e deixar mensagem na secretária eletrônica, o que fiz, esperando que ouvisse a mensagem a tempo.

Agora, só me restava esperar Chapireau. A espera podia durar horas e me parecia tão terrível quanto lhe anunciar a morte de Olga. Acendi um cigarro e sentei na poltrona me esforçando para não pensar em nada e, sobretudo, evitando olhar para o divã.

Duas horas se passaram, durante as quais, retomando os gestos da véspera, praticamente esvaziei um maço de Lucky. Sobre a mesa se amontoavam as anotações das aulas que estava preparando para a Universidade de Paris-VIII, em Saint-Denis. Tendo em vista as circunstâncias, os estudantes dispensariam minha sabedoria psicanalítica — aliás, talvez a dispensassem por muito tempo. Ao lado havia um retrato de Mathieu. Ele estava ótimo para os seus doze anos. Parecia um arquétipo de garoto. Estava despenteado. Mechas louras caíam em desordem sobre o rosto, ele sorria comportado para a câmara, mas eu sabia que pensava em outra coisa — talvez na mais recente história em quadrinhos que tinha lido. Seus olhos estavam repletos de planos de brincadeiras de caubóis ou de piratas como nos filmes que ele adorava. Diante desse olhar cheio de sonhos, senti o coração apertado, pareceu-me ainda mais dolorosa a sorte que me esperava.

Às duas da tarde Chapireau não tinha voltado ainda. Deixei passar meia hora, sem resultado. Uma hora depois, nada de Chapireau, e desliguei antes que o plantonista me dissesse que ligasse mais tarde ou deixasse recado. Depois fiz várias tentativas de falar com Rebecca, mas ou caía na secretária eletrônica ou o telefone estava ocupado ou tocava sem parar. Talvez a linha estivesse tão histérica quanto a dona, o que não era impossível, ou talvez ela filtrasse as chamadas. Tentei de novo a delegacia. Dessa vez, fui brindado com os tamborins. É verdade que eu já desconfiava que a espera seria penosa. Mas não a esse ponto. Tive uma sensação de abandono. Cada um cuidava dos seus afazeres, sem se preocupar com a estrangulada do divã.

E à medida que o tempo passava já não sabia se estava ligando para Chapireau para avisá-lo ou para que me livrasse de um cadáver incômodo, um pouco como se pedisse ao serviço de coleta de lixo que viesse pegar um objeto que não tinha mais uso.

A escuridão ia invadindo o consultório. Olga parecia se diluir. Por instantes, ficava quase invisível. Eu deveria acender a luz, mas essa escuridão me protegia da morte e do retrato de Mathieu. Dava-me a impressão de desaparecer numa solidão em que mais nada existia. Curiosa solidão que, embora me aliviando de um mundo impossível, fechava-se sobre mim como a porta de uma prisão.

Mai-Li passava o aspirador na sala. Se não pudesse mais revê-la, pediria a Florence que lhe desse uma indenização em meu nome e eventualmente a contratasse como faxineira.

Ia fazer nova tentativa de encontrar Chapireau quando a campainha tocou.

Surpreso, olhei o relógio: seis da tarde. O Ejaculador Precoce não devia ter recebido o recado. Foi um erro pensar que a escuridão podia abolir o mundo. Ele não só continuava a girar como me convocava quando eu não tinha vontade de encontrá-lo.

Acendi a luz e fui abrir.

Era mesmo o Ejaculador Precoce.

Lançou-me um olhar surpreso.

— Estou adiantado? Parece que o senhor não me esperava. — E acrescentou a meia voz, com ar de tristeza: — Estar adiantado é minha especialidade.

Às vezes, tinha humor. "Sou ejaculador precoce", dissera-me na nossa primeira conversa, como se se tratasse de uma profissão ou de um título honorífico. Foi talvez o que me decidiu a aceitá-lo na análise. Ele precisava. Apesar de um belo sucesso profissional, o único a que se autorizara — dirigia uma importante firma de manutenção na área de informática —, sua vida era um fiasco. O medo das mulheres e sobretudo a falta de jeito com elas o mantinham numa solidão aflitiva. Assim, esperava muito do trabalho analítico. Era raro que faltasse a uma sessão. Eu não podia despachá-lo.

Afastei-me para deixá-lo entrar e, como fizera com a professora de matemática, pedi que esperasse um pouco na sala.

Mas não foi tão simples como da última vez.

O contato com Olga me repugnou. Estava gelada, mas de uma forma que tinha menos a ver com a temperatura do que com uma interdição, como se para se preservar dos vivos um cadáver não tivesse outros meios além do de produzir um contato frigorificante, quase elétrico, que acabava com qualquer desejo de tocá-lo. Mas o Ejaculador esperava e precisei enfrentar o corpo-a-corpo com Olga. Superando o nojo, peguei-a pelos ombros e a virei. Ela ficou de bruços, dura, na mesma posição que estava antes, com as pernas dobradas e os braços — um na frente, outro atrás — deslocados em relação aos ombros. Parecia um bloco de cimento fazendo uma rotação de cento e oitenta graus. A rigidez cadavérica só atinge o clímax após setenta e duas horas, mas o frio glacial em que a deixei devia ter acelerado esse processo. Agarrei-a pelo casaco, joguei-a no tapete, depois levantei o divã e o mantive acima do chão, enquanto a empurrava com o pé contra a parede. Depois, soltei o divã em cima dela e me apoiei nele com toda a força como para fechar uma mala recalcitrante. Após algum esforço, consegui recolocá-lo na posição habitual. Olga estava bem encaixada ali embaixo. Será que com isso sua rigidez teria terminado? Mas não tive tempo de conferir, o essencial era que ficasse invisível. Quanto a isso, achei que o resultado não ficava nada a dever ao que consegui para receber a professora de matemática.

Ao contrário desta última, o Ejaculador não esboçou a menor reação ao entrar no consultório. Tirou o sobretudo, pendurou-o no gancho perto da porta e se deitou. Ritual familiar ao qual se curvava sem reticências. Quase pensei que seria uma sessão normal se, ao sentar na poltrona, não percebesse que o divã estava meio capenga. Na pressa, não prestei muita atenção. O corpo de Olga, por não estar bem esticado, impedia que um dos pés do divã encostasse no chão. Além disso, descobri horrorizado que parte da cabeça dela ficara para fora. Estava branca como cera, seus olhos me fixavam como se não quisesse perder nada da sessão, enquanto a língua parecia lamber o carpete. Para fugir dela, olhei *O 24º dia*. Mas esses olhos e essa língua me obcecavam tanto que imaginei vê-los surgir no quadro.

O Ejaculador Precoce, de seu lado, não me pareceu de modo algum incomodado com a posição do divã.

— Se soubesse a que ponto desconfio do sexo — suspirou. — Jamais consegui aproveitar esse êxtase que ele promete. E o sexo não pára de me perseguir. Tudo por causa das mulheres. Não que as deteste, mas é preciso reconhecer que estão na origem de tudo. Por muito tempo se pensou que o sexo era um negócio de homens. Que engano! Na verdade, é das mulheres, elas pensam nisso sem parar. Basta ver como se vestem. Debaixo de seus mantôs, a gente descobre tecidos leves, blusinhas cavadas, costas nuas, calças justas, vestidos com fendas, saias ultracurtas, meias rendadas, tudo o que é preciso para despertar os homens. Tento não pensar, mas elas estão por todo lado. Por todo lado exibem suas promessas de prazer. Como escapar? Basta encontrar uma e a gente fica excitado, por mais que ela pareça distante dessas trivialidades, por mais fino que seja o restaurante onde vamos jantar. Logo de saída tenta exibir a sua genitalidade. Não há outra palavra. Elas adoram esses ambientes íntimos. Mas essa intimidade me deixa encabulado, é uma intimidade pegajosa, a gente conversa em voz baixa com olhares cheios de conivência, as mãos e os corpos se roçam, prelúdio das futuras bolinagens. Já paira um cheiro de cama. Para mim, esse cheiro é tiro e queda; aí termino tudo, antes mesmo de ter começado. Na Bíblia está escrito: "Tu verás sem ver, escutarás sem escutar". Pois é, eu gozo sem gozar. É por isso que faço análise. Pelo menos, aqui é uma intimidade nobre, um santuário do espírito, feito de distância e reserva. Pode-se falar de tudo, inclusive disso, guardando a própria dignidade. Estamos entre pessoas finas...

Já que era ele que estava dizendo... Olhando pela janela, vi que Mai-Li atravessava a avenida. Tinha ido embora sem me avisar. Talvez estivesse com medo de ter que repetir a experiência da véspera. Parou diante do

Lancia e o examinou longamente, de vez em quando levantando a cabeça para o consultório. No mesmo instante, Érostrate surgiu da escuridão. Fiquei surpreso, pois ele devia estar trabalhando de Papai Noel lá na sua loja. A surpresa aumentou quando ele abordou Mai-Li. É verdade que puxava conversa com todo mundo, mas era curioso que Mai-Li, tão pouco falante, respondesse com tanta boa vontade. Eu daria a vida para saber sobre o que estavam conversando. Érostrate parecia lhe explicar alguma coisa, apontando a janela do consultório, enquanto Mai-Li sacudia a cabeça com um ar de aprovação. Mas o frio deve ter encurtado a conversa dos dois, pois não demoraram na avenida. Mai-Li pegou a pracinha d'Anvers em direção ao metrô, Érostrate esperou um pouco, e depois, agarrando o seu saco de rodinhas, dirigiu-se para a rua de Dunkerque.

Enquanto isso, o Ejaculador Precoce continuava seu elogio da situação psicanalítica.

— Quando eu disse que estávamos entre pessoas finas, não estava falando do senhor, mas dos pacientes que encontro na sala de espera. Com eles me sinto bem, são meus companheiros de dificuldade de viver. Formamos uma verdadeira família. A família dos que estão de mal com a vida. Uma família discreta, em que cada um fica no seu lugar, sem invadir o território do outro. Nossas relações se limitam aos olhares que trocamos para nos cumprimentar. Mas esses olhares nos tornam infinitamente mais próximos do que uma noite de fornicação.

Estava pensando se ele ia continuar por muito tempo nesse tom, quando suas palavras me deixaram de ouvido atento.

— Acontece a mesma coisa com essa paciente que às vezes encontro na sala de espera. Essa mulher fina que usa mantô de oncinha. A primeira vez que nossos olhares se cruzaram pensei junto com o poeta: "Ó, tu, que eu teria amado, ó, tu, que o sabias". Não fomos mais longe, e é melhor assim. Agora, quando a vejo descubro em seus olhos essa cumplicidade muda, essa comunhão que faz toda a riqueza das relações entre indivíduos, sem precisarmos de manifestações físicas para nos expressar. De tanto vê-la acabei descobrindo o carro dela, um Lancia cinza metálico, sempre parado defronte do liceu, como se aquela vaga fosse cativa. Quando vejo esse carro, sei que ela está aqui, então espero embaixo para não atrapalhar. Ela sempre me agradece com um sorriso. Um sorriso alheio a toda concupiscência. Uma vez, por causa dela, talvez o senhor se lembre, perdi uma sessão. O Lancia estava diante do prédio, esperei mais de meia hora na chuva. Quando resolvi subir, a hora tinha passado. Deve ter sido a única vez que isso aconteceu. Ao descer de novo, fui ver o carro mais de perto, não era o dela. Nunca essa moça vai saber que perdi uma sessão por sua causa. É um presente secreto. Mais precioso ainda porque ela o ignora. — Refletiu um instante e continuou: — Só que esse tipo de presente, não posso dar o tempo todo. Esta noite, tive a impressão de ver o carro dela no lugar de sempre. De início, quis esperar para não incomodá-la, mas não tinha certeza se ela estava aqui... nunca vem na terça-feira, e por isso tratei de subir. E agora, é engraçado, tenho a impressão de que há alguma coisa dela aqui no consultório...

Meu olhar cruzou o olhar de vidro de Olga, alguns centímetros debaixo dele, e achei que era urgente parar antes que a situação piorasse.

— Bem, meu senhor — disse, levantando-me.

— Pensando bem, acho que é o carro dela mesmo — disse com ar perplexo, sentando na beira do divã.

Em seguida, levantou-se, pôs os quinhentos francos na mesa e foi embora depois de me apertar a mão.

Da janela vi quando se dirigiu para o Lancia. Como Mai-Li, passou um bom tempo examinando-o. Só faltava Érostrate para lhe comunicar o que sabia sobre a questão. Mas ele não deu as caras. Papai Noel *oblige*. O Ejaculador Precoce levantou os olhos para o consultório, hesitou e se dirigiu com passo resignado para o Rover estacionado em fila dupla diante da minha porta, ligou-o e partiu.

Não recoloquei Olga em cima do divã. Em cima ou embaixo, tanto fazia! Depois de fechar a chave o consultório e abrir a janela para evitar os riscos de fermentação — essas alternâncias de quente com frio me preocupavam, não lembrava mais do que tinha aprendido em medicina legal a esse respeito —, desci para a sala e mais uma vez liguei para Chapireau.

Como esperava, o plantonista me disse que ligasse mais tarde ou deixasse recado. Dessa vez, tomei a decisão: "Peça ao delegado que chame Michel Durand assim que voltar", disse. "É urgente."

Tentei mais uma vez achar Rebecca, sem resultado. Furioso, desliguei. As despedidas pareciam fracassadas, pois não me via lhe mandando um telegrama ou deixando na secretária eletrônica uma mensagem do tipo:

"Paciente estrangulada durante meu sono — possível que eu seja culpado — me entrego à polícia — te desejo sempre — Michel".

Deitei-me no sofá. A espera corria o risco de ser longa, mas eu não precisaria mais ligar para o delegado. De certo modo, meu recado oficializava a morte de Olga. Só me restava deixar os acontecimentos seguirem seu caminho. Será que não eram tão terríveis assim? Será que Chapireau demonstraria compreensão e não se apressaria em me atribuir esse crime? Será...

Na verdade, eu não tinha nenhuma certeza. Para convencer Chapireau de minha inocência, eu mesmo teria que estar convencido. Não tinha saído da poltrona, era o que pensava, mas como jurar? Olga não se estrangulara sozinha. Quem se encarregara de fazê-lo? Quantas vezes me fiz essa pergunta? Olga era insuportável, mas e daí? Para estrangulá-la, eu precisava de motivos mais sólidos. Que loucura ou que laço obscuro entre mim e essa mulher me levou a protegê-la contra Chapireau? Curioso comportamento para um analista. Olga não se enganara ao me agradecer esse gesto. Quem sabe se esse vínculo não estava na origem do drama? Afinal de contas, sonhei com um corpo-a-corpo assassino com ela. Quando trabalhava no hospital psiquiátrico, um paciente mencionava uma espécie de buraco negro em sua vida. Um buraco negro que não teria durado mais que meia hora mas que lhe fora suficiente para estrangular a mulher e os dois filhos. Não se lembrava de nada, mas esse episódio lhe voltava na forma de alucinações que o apavoravam. Também falei de um buraco negro com Zlibovic, mas não tive nenhuma alucinação, apenas fiquei a meio caminho entre a poltrona e o divã.

Meu olhar caiu no quadro de Rebecca. *O fim do mundo*! O título era pomposo. As formas em tons pastel, que se anulavam na tormenta de cores, levaram-me a pensar em corações de alcachofras. Alcachofras que assinavam meu fim. Curiosa maneira de se despedir da liberdade.

Na mesa de centro, ao lado do sofá, a manchete do jornal *Libération* dizia: "Fecha-se o cerco em torno de Max Montignac".

Em torno de mim também, pensei. No entanto, Max tinha boas razões para eliminar Olga. Ela me repetira isso várias vezes. "É um tubarão, poderia mandá-lo para a prisão até o fim de seus dias", dissera-me. Um tubarão, era o que se alardeava por todo lado, um tubarão que ganhava milhões, indiferente a tudo o que não fosse lucro, um oportunista implacável, dono de prédios, terrenos, fábricas, de tudo o que se quisesse, especialista em tramóias e superfaturamentos, jogando com os capitais, salvando ou arruinando empresas, comprando e revendendo num balé infernal que deixava o fisco tonto. Era assim que se apresentava Max Montignac. Afora esses clichês, eu desconhecia por completo esse homem. Entre os analistas que conhecia, muitos deles — inclusive Zlibovic — gozavam de rendimentos confortáveis mas que não tinham termo de comparação com as somas fabulosas e o nível de vida mirífico atribuído a Max Montignac. A sede do Círculo Freudiano, na avenida de la Bourdonnais, por mais chique que fosse, com seus salões espaçosos, seus móveis antigos, os quadros de mestre, não podia rivalizar com essa opulência. O que nós éramos não tinha nada a ver com o que ele era. Trabalhávamos com o desejo, ele, com o capital. Os fluxos de dinheiro, os investimentos financeiros, os valores mobiliários, as opções de compras de ações, o dinheiro vivo, constituíam sua matéria-prima. Como um exército em pé de guerra, seus capitais se mantinham prestes a atacar novos mercados. Sua vocação era a agiotagem, a conquista. Nada os regia, a não ser a oferta e a procura. Para o terapeuta, o dinheiro era um complemento, assim como a cura para o paciente; para Max, estava no centro do sistema. Ele ostentava tanto que pelo menos três juízes de instrução estavam vasculhando suas contas, e seu indiciamento e provavelmente sua detenção eram iminentes.

Um homem desses podia matar se seus interesses exigissem? Eu não tinha dúvidas, mas isso não respondia à pergunta muito simples: por que teria cometido o crime no meu consultório — e, antes de mais nada, como teria entrado? —, quando poderia cometê-lo em outro lugar, sem testemunha?

Passava de dez horas, eu não tinha nenhuma resposta para essas perguntas e Chapireau não me ligava. Ao redor tudo estava quieto. Esse sossego me tranqüilizava. Seriam as últimas horas que passava em meu apartamento? Gostava desse lugar, onde investi fortunas. Isso me criou problemas com o banco e, em certa medida, provocou meu divórcio. Ainda ouvia Florence gritando: "Não era comigo que você devia ter casado, mas com o seu apartamento de merda, de três salas e cinco quartos!".

Não estava errada. Esse apartamento de merda de oito peças ocupava um lugar importante em minha vida. Achando que tinha dinheiro, mandei reformar tudo no ano passado. O sofá anglo-chinês, os espelhos venezianos, as cortinas de lã e as cômodas império, que datavam de meu casamento, foram substituídos na sala por poltronas e um sofá de couro preto. Uma mesa de centro transparente e bibelôs muito discretos para não chocar a vista completaram o conjunto. Os outros aposentos foram reformados no mesmo estilo: paredes pintadas de branco e carpete macio de lã cinza no chão liberaram um espaço por demais sobrecarregado. Também mandei fazer uma escada interna ligando o apartamento ao consultório, que fica no andar de cima. Até então, tinha que usar a escada do prédio. Agora, chegava lá pela sala. O apartamento ganhou volume e profundidade, e sobretudo encontrou a unidade que lhe faltava. Agora, onde quer que estivesse, sentia-me em casa.

Mas essas obras acabaram sendo mais caras do que o previsto. Cúmulo do azar, caí na malha fina do fisco. Diante da amplidão da reforma, imaginaram que meus rendimentos eram superiores aos que eu declarara. Seguiu-se uma nova cobrança, jogando no vermelho minhas contas bancárias. Precisei então controlar tudo, as despesas do dia-a-dia, a pensão alimentícia de Florence, os estudos de Mathieu, suas férias, das quais eu pagava a metade — temporada nos Estados Unidos, ano passado, estágio de esqui neste inverno —, sua governanta, mais, é claro, os honorários de Zlibovic e meus débitos no banco, cujos juros eram insuportáveis. Lutei sem parar com o banco para que fosse mais compreensivo. Mas isso me custou muito e eu tinha a impressão de arrastar esses déficits como quem arrasta uma doença crônica.

A detenção, pensei, teria pelo menos o mérito de liquidar minhas contas. Venderiam todos os meus bens para pagar as dívidas, e o saldo — se sobrasse algum — caberia a mim quando eu fosse solto.

Nesse momento, bateram na porta.

Chapireau!, pensei. Pressentindo a urgência da situação, teria se deslocado em vez de telefonar. Que cara faria ao descobrir Olga debaixo do divã? Preferi não pensar nas explicações que teria que lhe dar e fui abrir.

Mas não era Chapireau.

Diante da porta havia um homem alto, de uns cinqüenta anos, rosto simpático, vestindo um elegante sobretudo azul-noite, coberto de neve.

Nunca o encontrara, mas o reconheci logo.

— Max Montignac — disse ele —, creio que temos que conversar.

4

Estarrecido, olhei para ele, sem me mexer.

Ele perguntou baixinho, num tom meio irônico:

— Prefere ficar na escada?

Recuei para deixá-lo entrar. Quando passou na minha frente, percebi que tinha bem uns vinte centímetros mais que eu, e fiquei surpreso ao ver a que ponto correspondia ao retrato feito por Olga: um esbanjador exuberante, seguro de si, de seu sucesso, do poder sobre os outros. Nele tudo indicava a riqueza e, mais ainda, o hábito da riqueza. De certo modo, parecia-se com o próprio dinheiro. Dinheiro rápido, que só existia na ostentação, na sua capacidade de passar os outros para trás.

Parou no meio da sala, olhou ao redor, contemplou por um instante *O fim do mundo*, depois recomeçou sua inspeção, tal qual um estrategista examinando um lugar que pretendesse dominar, e finalmente sentou-se numa cadeira sem esperar que eu o convidasse a fazê-lo. Caiu neve de seu sobretudo.

— Desculpe, mas está fazendo um tempo horroroso — disse. — Basta pôr o nariz na rua para ficar coberto de neve.

Parecia perfeitamente à vontade. Por pouco não me convidava para sentar.

— Parece espantado por me ver — observou.

Também sentei.

— Não é hábito ir visitar o terapeuta da esposa — disse eu, prudente.

— O senhor seria um homem de hábitos, dr. Durand?

— A psicanálise comporta certo número de hábitos, no interesse dos pacientes.

— E qual é o interesse de minha mulher, a seu ver?

Não respondi. Ele tirou uma caixa de cigarrilhas do bolso do casacão — umas Davidoff — e acendeu uma com um pesado isqueiro de ouro.

— Vim vê-lo porque estou preocupado com Olga. Ela estava aqui ontem à noite... sempre me diz quando vem vê-lo..., mas, ao contrário do que costuma fazer, não voltou para casa. Esperei a noite toda e a manhã toda. Hoje à tarde, tive que cuidar dos meus negócios. — Mostrou-me o *Libération* em cima da mesa de centro. — Decerto o senhor sabe que ando muito atarefado no momento... Quando voltei à noite, ela ainda não tinha chegado. Sabe, minha iniciativa é a de um marido preocupado, que quer saber o que aconteceu com a mulher. — Soltou uma longa baforada da sua Davidoff e olhou a fumaça se afinando devagar em direção ao teto. — O senhor não tem cara de quem está convencido. No entanto, é verdade, gosto de minha mulher. É claro que ela não é totalmente normal. Eu tampouco, aliás. Mas quem pode se gabar de ser? O senhor conhece esse assunto, é a sua profissão. Minha mulher e eu nos amamos de um modo um pouco especial. Imagino que ela tenha lhe falado, pois conta para todo mundo o que faço com ela; para o senhor, com mais razão ainda. Se soubesse o número de psiquiatras, neurologistas e outros especialistas que consultou antes do senhor... Mas, agora, tenho certeza que está em boas mãos. — Nova baforada de Davidoff, antes de repetir num tom de marcada ironia: — Em boas mãos, não é, doutor?

Evitei reagir e ele continuou.

— Olga me causou muitos aborrecimentos esses últimos tempos. Não pára de roubar, sabe. Eu esperava que com o senhor esse hábito feio fosse passar. Garanto que na minha situação uma mulher que rouba nas lojas não é sopa! Não que eu seja muito rígido quanto à honestidade, mas neste momento realmente não preciso disso. — De novo, mostrou-me o jornal. — O que contam a meu respeito não é inteiramente falso, mas quando a gente está nos negócios não há moral que agüente, e temos que ser assim para não entregar os pontos. Todo mundo sabe disso. Todo mundo sabe que não se faz omelete sem quebrar os ovos. Mas a gente finge que não é verdade, como se o dinheiro obedecesse a outras leis que não as suas. Conhece o poema?

> Maldito seja para sempre o sonhador inútil
> Que foi o primeiro a, em sua estupidez,
> Apaixonando-se por um problema insolúvel e estéril,
> Às coisas do dinheiro misturar a honestidade!

Não aprendi muita coisa na escola, mas essa lição eu guardei. Dinheiro e honestidade, que besteira! As pessoas querem esbanjar dinheiro, mas sem dar na vista, sem sujar os dedos com a gema de ovo. Época incrível! Por uma bobagem à-toa põem os delegados em cima da gente. Até os pequenos acionistas estão fazendo isso. Confundem bolsa com caderneta de poupança. Se se julgam lesados, atacam. E não no civil, mas nada mais nada menos que no penal! Balanço falso, falência fraudulenta, prevaricação, desvio de dinheiro público, receptação, abuso de confiança, salários não justificados, informações privilegiadas, inventaram palavras para isso. Uma só dessas palavras e a gente se arrisca a investigação, indiciamento, detenção provisória e prisão. Já esteve na cadeia, dr. Durand? Eu já. Sinceramente, não lhe desejo isso. Trancaram-me durante meses por uma história de propina. Mas, sem propina, como é que se pode fazer dinheiro? Aí está o problema, o único verdadeiro grande problema do nosso tempo: o dinheiro! Ele tem suas exigências. É preciso compreendê-lo, deixá-lo viver sua vida, do contrário estamos fritos. Está me entendendo? Fritos. O senhor precisava ir a Wall Street, dr. Durand, e de lá ao World Trade Center, e ali veria entre as duas Twins esta bela divisa: "O mundo começa no World Trade Center". É exatamente isso, o mundo começa com os negócios, e o dinheiro é a respiração do mundo, que inspira dólar e expira iene. É nos grandes mercados que ele vive. Em Londres, Tóquio, Nova York, Frankfurt. Ali, em alguns instantes milhões de dólares mudam de mãos. Como no cassino. Quando o crupiê anuncia: "Apostas encerradas", quer dizer que para a banca está tudo ótimo. O que é preciso é a gente se pôr do lado certo. Quando se entende isso, entende-se tudo. Atrair, guardar, fazer frutificar. Mais e mais. Esse é o princípio de base. Mas para fazê-lo frutificar temos que fazê-lo circular. O dinheiro é uma prostituta que adora passear. Mas é também uma prostituta que precisa se reproduzir, ter filhotes. Conhece a multiplicação dos pães no Evangelho? Naquele tempo, sabia-se o que era business. Sabia-se que o princípio de base era a multiplicação. Hoje nadamos em pleno catecismo. Na verdade, há muito pouca gente que gosta de dinheiro, gosta a ponto de se submeter às suas leis. São leis cruéis, reconheço, implacáveis com os fracos. Os fracos olham o dinheiro de longe, como a uma mulher de quem não ousam se aproximar. Uma mulher bonita demais para eles. Estes continuarão a ser pobres. Mas com os fortes, quer dizer, com os que se enfiam debaixo de seu vestido para lhe fazer aquelas sacanagens que ela adora, o dinheiro é uma amante generosa, que dá tudo... É por isso que os ricos são malvistos, porque eles ousam. Assim que podem destruir um, vale tudo para deixá-lo de quatro. Não acredita? Divirta-se tendo um pouco de lucro e o mundo inteiro cairá em cima de você, os investigadores, os guardas, os jornalistas, a Comissão de Valores Mobiliários, os fiscais da Previdência. E se além do mais...

Parou para reacender a cigarrilha. Pensei que fosse recomeçar no mesmo tom, quando de repente, como se cedesse a uma raiva contida havia tempo, gritou:

— E se além do mais você é casado com uma puta... está ouvindo, dr. Durand, uma puta!, não há outra palavra... que só pensa em atrapalhar a sua vida, em roubar nas lojas quando poderia comprar tudo o que quisesse, e que para completar ameaça revelar as suas tramóias aos investigadores, aí é que podem liquidá-lo de vez. Por mais que eu suplique que ela pare, que eu lhe dê todo o dinheiro necessário, ela não quer nem saber. Como discutir com uma mulher dessas? Só pensa em me fazer sofrer. Parece que esse é seu único objetivo na vida. Na cama, é a mesma coisa: para conseguir que abra as pernas, tenho que agarrá-la... Tudo o que ela quer são as surras. Tem sempre idéias novas para provocá-las. Nem a psicanálise conseguiu acalmá-la. Se bem que com ela não deve ser mole! É capaz de tudo para nos levar a tudo, para nos criar encrencas. O senhor deve ter percebido. É um marido desesperado que se dirige ao senhor, dr. Durand. Se souber alguma coisa a respeito dela, precisa me dizer.

Olhei para ele, pasmo. O que queria que lhe dissesse? O que acontecera com sua mulher? Não creio que fosse o que esperava de mim. Mas também não acreditava que tivesse vindo para me expor a sua metafísica dos mercados financeiros ou para chorar as mágoas conjugais. Sua presença obedecia a um motivo que não consegui captar, mas para o qual ele me conduzia sorrateiramente, afogando-me numa enxurrada de palavras. Em todo caso, uma coisa me parecia óbvia: aquele homem era louco. Não no sentido clínico, é claro, mas louco mesmo assim. Seu discurso era o da monomania. Uma monomania hesitante, oscilando entre o dinheiro e Olga, sem que de fato um se impusesse à outra.

— É por isso que está preocupado? — perguntei para dar um basta na sua logorréia. — Porque não sabe o que sua mulher...

A campainha do telefone me interrompeu. Com uma rapidez quc eu não esperava, Max Montignac pôs a mão no aparelho para me impedir de pegá-lo. Surpreso, não reagi. Não ia me jogar em cima dele para agarrar o telefone. Após três chamadas, entrou a gravação da secretária eletrônica e a voz de Chapireau ecoou na sala.

— Parece que você tentou me achar hoje à tarde. Segundo o plantonista, era urgente. Pode ligar para a delegacia até meia-noite, senão tente amanhã cedo, em princípio devo estar aqui. Até logo, Gilbert.

Montignac soltou o aparelho, sorrindo.

— Olga me disse que o senhor tem relações na polícia. Pode ser muito útil, mas não se deve abusar dos guardas, senão muito depressa são eles que abusam da gente. Tenho uma certa experiência a respeito, garanto-lhe. — Depois, num tom em que pairava uma ameaça: — Se é por causa de Olga que ligou para o seu amigo, um conselho: esqueça e me diga onde está meu dinheiro.

Não entendi de imediato o sentido de sua frase.

— De que dinheiro está falando?

Ele esmagou a Davidoff no cinzeiro da mesa de centro, enquanto sua mão direita afundava no bolso externo do casacão. Não me surpreenderia se sacasse uma arma. Mas tirou um lenço de papel com que se assoou ruidosamente.

— Dr. Durand — respondeu, guardando o lenço de papel no bolso —, ontem Olga saiu de casa por volta de meio-dia. Antes de sair, dei-lhe uma dessas surras que ela adora. Na véspera, tinha voltado à Bernstein, apesar de eu ter lhe proibido. Mas não desconfiei. Nunca a gente desconfia o suficiente dela. Deveria ter dado um pulo ao meu escritório antes de deixá-la sair. Quando fui lá, era tarde demais. O cofre estava aberto. Ali deviam estar os sete milhões de francos que eu tinha guardado para qualquer eventualidade. Ora, esses sete milhões — repetiu, separando as sílabas, para me fazer sentir a importância da quantia — não estavam mais lá. Desapareceram. Evaporaram. Alguém os pegou, não é mesmo?

As palavras de Olga no divã me vieram de repente: "Ele pensava que eu tinha lhe roubado os seus...", disse. O sono não me deixou escutar o fim da frase. O que teria roubado? Seus sete milhões, provavelmente. Talvez tivesse me dito, mas eu não me lembrava.

— O senhor sabe tão bem quanto eu quem fez isso — Max recomeçou. — Olga é assim, precisa roubar. Só um bom castigo pode acalmá-la. Infelizmente, isso não dura, ela recomeça. Por onde passa tem que levar alguma coisa. Mesmo do seu consultório. Descobri nas coisas dela objetos que lhe pertenciam. Espero que os tenha devolvido. Com ela, por mais que se tomem precauções, nunca se está protegido. Imagino que não tenha tido muita dificuldade para conseguir o segredo do meu cofre. Então, quando viu todo aquele dinheiro, a ocasião era boa demais. Só que sete milhões não são uma caneta Montblanc que a gente rouba do analista. Necessariamente, ela escondeu esse dinheiro em algum lugar... — Pareceu hesitar, e depois: — Se comentou isso com alguém, só pode ter sido com o senhor. Por isso, peço que me diga o que sabe.

O tom de sua voz apenas mudara, mas a ameaça era mais evidente ainda. Tudo nele era violência, Olga dizia. Bastava vê-lo para se convencer. Sua violência me pareceu mais terrível ainda porque era contida. Senti que precisava de muito pouco para desencadeá-la.

— Mas não sei de nada — respondi com uma voz sem firmeza. — Olga não me disse nada. Não tenho a menor idéia de onde está esse dinheiro.

Ele deu um pulo e se levantou, pegou meu pulso e o torceu com uma violência que me arrancou um grito de dor.

— É o que faço com Olga quando tenta me contrariar. A diferença é que ela gosta, ao passo que não sei se é o seu caso.

A pressão em meu pulso se acentuou. A dor se propagou pelo braço com tamanha intensidade que pensei que estava fraturado. Dobrei-me em dois, sem conseguir escapar.

— Se está tentando bancar o espertinho, vou lhe quebrar o braço — ameaçou. — Diga-me a verdade, será que quer guardar esse dinheiro todo para o senhor?

— Pare! — berrei. — Não quero guardar nada. O que quer que eu diga? Não sei de nada.

De repente, soltou meu braço.

— Eu poderia matá-lo, mas isso não me devolveria o meu dinheiro. — Deu uma olhada para o consultório. — Tem um vento encanado gelado vindo lá de cima — disse. E acrescentou: — O senhor se meteu numa fria com minha mulher, não é? Foi por isso que ligou para a polícia? No seu lugar, eu não faria isso. O senhor tem um filho, uma amante, notoriedade, seria estupidez perder tudo.

— Como sabe disso?

Ele sorriu docemente.

— Nos negócios, a informação é essencial. Com Olga não fui vigilante, mas ainda posso dar um jeito. Tanto para mim como para o senhor. Se aceitar minha proposta, tiro-o dessa enrascada.

— Que proposta?

— Amanhã à noite, às dez horas na minha casa, na avenida de Montespan. Venha com o dinheiro ou me diga como recuperá-lo. Pense bem no assunto, é muito provável que o senhor tenha alguma idéia. Posso tirá-lo dessa fria, mas se não me levar a sério juro que vai se arrepender.

Nisso, levantou a gola do casacão e se encaminhou para a porta, lembrando-me que me esperava no dia seguinte, à noite.

Ignorando o elevador, usou a escada e o barulho de seus passos se perdeu dois andares mais abaixo.

Da janela, vi-o entrar num Mercedes preto, coberto de neve. Ele estacionara perto do Lancia, tinha certeza de que o vira, mas foi embora sem se preocupar com isso. Ouvi-o arrancando, e depois o carro saiu devagar e virou à direita na rua Malesherbes.

Quando o carro desapareceu, fui tomar um analgésico. A dor se atenuou. Consegui mexer um pouco o braço. Mas estava aturdido demais para conseguir concatenar as idéias. Ainda não era meia-noite, podia ligar para Chapireau, mas talvez por causa de Max não liguei. Amanhã, pensei, amanhã resolvo.

Movido por uma vontade irreprimível de verificar as coisas, subi para o consultório. Estava gelado. Debaixo do divã Olga lambia o carpete, seu olhar não perdera nada do imobilismo. Agora, o frio era o território dela.

Max sabia, não havia a menor dúvida.

No dia seguinte, a dor no braço ficou mais suportável. Tomei um banho e bebi um café.

Era tarde demais para ligar para Chapireau. De toda maneira, era Montignac que me preocupava. Como sabia da história de Olga? Preocupado com seu dinheiro, talvez a tivesse espiado embaixo de meu prédio. Sem vê-la sair, entendeu o que tinha acontecido. O que combinava com a sua lógica: Olga me fala dos sete milhões, me diz onde estão; por conseguinte, elimino-a para ficar com o dinheiro. Em suma, a lógica Montignac era bastante simples.

Mas não era a minha.

Entre matar uma analisanda num acesso de loucura e matá-la por dinheiro, havia um abismo que eu não me via cruzando. Eu não era Max Montignac. Seu mundo e o meu não tinham nada em comum. Pelo que pude ver, a morte de Olga não o entristecia nem um pouco — ao contrário, livrava-o de uma esposa que era um estorvo —, mas o privava de sete milhões. Será que acreditava mesmo em recuperá-los graças a mim? Queria me atrair à casa dele para que eu falasse com absoluta tranqüilidade. Depois, é claro, iria se livrar de mim. Pensando na situação de um ponto de vista puramente racional, era loucura aceitar um convite daqueles.

Mas o que é racional não é necessariamente correto.

Era curioso, mas achei que Max não blefava quando prometia me tirar do apuro. Como? Eu não tinha a menor idéia, mas não estava convencido de que tivesse me procurado só para me enganar.

A idéia foi se consolidando aos poucos em minha mente, na forma de uma curiosa partida de pôquer. Ninguém seria ingênuo, cada um imaginava que o outro tinha um bom jogo. É verdade que os sete milhões não estavam comigo, mas, de seu lado, o que teria ele para me dar? Para saber, precisava ir lá. Pagar para ver, de certo modo. Que eu pudesse pôr minha vida em risco não me apavorou. De certa maneira, cada um de nós pagava para ver, e isso me estimulava. Pela primeira vez desde o início desta história, tive a sensação de poder agir sobre os acontecimentos em vez de padecê-los. Se as coisas dessem errado e eu escapasse, então avisaria Chapireau. Do contrário, teria jogado e perdido, o que também estava na ordem natural das coisas.

Nesse instante, ouvi a porta do apartamento se abrindo. Mai-Li chegava para trabalhar. Pelo meu relógio, passava das duas da tarde.

Os primeiros pacientes não iam demorar.

* * *

Foi quase uma tarde comum de análises.

O consultório parecia se habituar a Olga. Perdera seu mistério, ou melhor, aquela estranheza inquietante que tanto horrorizara a professora de matemática.

É verdade que, dessa vez, não descuidei de nada. Depois de socar muito bem Olga debaixo do divã, verificar que nenhuma parte do corpo estava à mostra, que todos os pés do divã estavam encostados no soalho, substituí a colcha por outra cuja barra batia no chão e por fim, última precaução, sentei eu mesmo no divã para testar sua estabilidade e sobretudo para que nada traísse a presença de Olga.

Portanto, tudo se passou com certa normalidade. Houve uma paciente que me comunicou seu mal-estar em ficar ali deitada, como se — foram suas próprias palavras — estivesse "com outra mulher". Mas podia se atribuir esse comentário a uma homossexualidade recalcada. Outro me falou de seu prazer em deitar em cima de uma mulher, mas também nesse caso tive a impressão de que se referia mais às suas complicações amorosas do que a Olga.

No mais, nada digno de nota. Muitos pacientes não tinham ido além do estágio da conversa cara a cara. Nada a ver com esses analisandos estáveis, cuja terapia, iniciada vários anos antes, agora atingira a velocidade de cruzeiro. Os que eu recebia naquela tarde eram o que se pode chamar de clientes de passagem, os neuróticos da quarta-feira, dia de folga nas escolas, que vinham para uma primeira conversa, para "ver", segundo sua expressão, mas que, inseguros quanto ao que queriam, pediam para refletir, ou ainda os que, depois de algumas sessões, jogavam a toalha por causa do desemprego ou de dificuldades financeiras. Parecia que estavam fazendo estágio comigo. O termo andava na moda. Todo mundo fazia estágios. Estágios em empresas, estágios culturais, estágios que davam diploma. Tudo era pretexto para um estágio. Os angustiados faziam estágios freudianos, passavam de um terapeuta a outro, acumulando no caminho experiências insignificantes. Estágios do efêmero, entre uma crise de depressão e outra, reembolsados pela Previdência Social. Quando saíam do hospital, um colega os encaminhava a mim para um estágio de sobrevivência. Vinham duas ou três vezes, depois desapareciam na natureza.

Na minha frente, um homem de uns trinta anos, que eu via pela segunda vez, falava-me das desgraças da raça branca em geral e dos franceses em particular. Tinha votado na extrema direita nas últimas eleições e sentia, afirmava, uma fantástica melhora psicológica. Lacan dizia que se devia recusar a análise aos canalhas. Isso me trouxe à lembrança uma história que circulava nos meios analíticos a respeito de Zlibovic. Um de seus pacientes lhe contara que era um ex-miliciano e que tinha colaborado com a Gestapo. "Você está perdido, meu velho, o seu passado o risca do mundo dos vivos. No máximo, posso ajudá-lo a morrer dignamente", disse-lhe Zlibovic. Coisa surpreendente, o homem aceitou esse ponto de vista e iniciou um trabalho analítico assentado nessas bases. O que estava defronte de mim faria o mesmo? Mas não encontrei nada dessa ordem para lhe dizer, pois ele me anunciava que, tendo agora descoberto seu caminho, não via nenhum interesse em prosseguir uma terapia de que, no fundo de si mesmo, sempre duvidara. Seria para me informar isso que tinha vindo? Encerrei a sessão, que ele me pagou sem reclamar, e não voltamos a marcar hora.

Foi então que me lembrei de Olga. Não tinha pensado nela nenhuma vez enquanto recebia os outros pacientes. Esse esquecimento de certa forma os preservara do pavor que essa morte me inspirava. Não era tanto do divã que ela desaparecera, mas da minha mente. E agora voltava, simplesmente porque era a sua hora. Quarta-feira, seis e meia da tarde. Estranho condicionamento, esse da análise. Analisandos e analistas no mesmo barco. Uma sessão cancelada nunca era uma sessão perdida. A não ser para Olga. Em cima ou, agora, embaixo do divã, ela não estava em lugar nenhum. Nesse instante, senti-me o depositário, ou melhor, a memória do que foram as suas sessões. Raramente chegava atrasada, mesmo quando ia à Bernstein. Tirava o mantô, colocava-o numa cadeira, depois se deitava e, sem perder tempo, desfiava as brutalidades do marido. No fundo, seu relato variava pouco, mas, pensando bem, a maneira de contar, a entonação da voz, os incisos — sobretudo os incisos — que pontuavam seu discurso formavam como que uma progressão, ou melhor, como que apelos para eu lhe infligir essa violência da qual não me poupava nenhum detalhe. "Bata-me! Insulte-me!", suplicava. Estranha súplica, à qual eu respondia pelo sono, delegando para isso o seu marido. Os sete milhões roubados representavam o auge dessa loucura, o ato que acertava as contas dos dois? "Ele estava fora de si... Nunca o tinha visto nesse estado. Acusava-me de ter roubado os seus...", dissera antes que eu pegasse no sono. Qual era a continuação? Não sabia se tinha entendido bem, mas achava que, se conseguisse lembrar, tudo se esclareceria. Pela primeira vez me perguntei o que ela fizera com esse dinheiro, onde o escondera, tanto para negociar com Max como para saber, simplesmente. A seu modo, esses sete milhões eram uma sobrevivência de Olga, ou melhor, uma interrogação cuja resposta me permitiria encerrar esse assunto.

Sete horas da noite. A sessão de Olga estava quase terminada. Restava-me receber um paciente, um jovem vítima de violentos acessos de melancolia, mas duvidei muito que viesse. Fora ele que, na véspera, deixara-me um recado para trocar a hora, sem outros detalhes.

Esperei um pouquinho e, vendo que ele não vinha, saí do consultório após um último olhar para o divã.

No escuro, parecia um caixão onde Olga repousava, longe daquela brutalidade que ela inspirava com tanto ardor.

Como previsto, Mai-Li fora embora sem avisar e sem me trazer o café. A morte de Olga liquidara com esse hábito. Dei uma olhada pela janela, esperando vê-la atravessar a avenida ou examinar o Lancia. Mas não havia ninguém. Nem mesmo Érostrate, que devia estar ocupado bancando o Papai Noel. O mundo inteiro estava deserto. O telefone não tocara nenhuma vez. Ninguém se preocupava comigo. Nem Chapireau, tampouco Rebecca. Chapireau devia estar em alguma investigação, quanto a Rebecca, melhor não pensar.

Só Montignac me aguardava.

Não podia me impedir de pensar no nosso encontro. Poderia eu convencê-lo de que não sabia nada do roubo de que ele acusava Olga e, apesar disso, conseguir que me ajudasse? Por precaução, escrevi duas cartas, uma para

Rebecca e outra para Florence, que ela encontraria na volta de Chicago; acrescentei umas linhas para Mathieu, coloquei-as bem à vista na mesa de centro e deixei um recado para que Mai-Li as pusesse no correio caso eu não voltasse.

Feito isso, liguei o rádio. Estavam tocando uma ópera de Mozart, mas a música não conseguiu me acalmar.

Não agüentando mais, peguei meu blusão e desci para comprar um sanduíche no Jean Bart — percebi que praticamente não tinha comido desde a morte de Olga. Quando terminei, fui pegar o Volvo do outro lado da rua. Uma camada grossa de neve cobria o pára-brisa. Precisei de uns dez minutos para retirá-la. Depois, entrei no carro e o liguei.

Só consegui que pegasse na quinta ou sexta tentativa. Érostrate tinha razão, o frio era mortal para as baterias. Quando enfim o carro pegou, saí pela avenida e virei à direita na rua Malesherbes.

Era apenas uma intuição, mas estava convencido de que chegando mais cedo que o previsto evitaria surpresas desagradáveis.

Ao contrário do que pensei, a avenida de Montespan era apenas uma artéria estreita ligando a avenida Victor-Hugo à rua de la Pompe. Prédios antigos e edifícios de luxo a margeavam de cada lado. Estava absolutamente deserta quando a peguei. Segui-a até a avenida Victor-Hugo, e estacionei aí. Max Montignac morava a dois passos, num palacete que ficava no final da rua.

Agora passava um pouco das nove da noite. Mais uma hora até o meu encontro. A escuridão era quase total.

Saindo do Volvo, senti-me numa geladeira. O frio era inclemente, o bairro também. Nem um único café onde me esquentar. O bar que fica na esquina da avenida Victor-Hugo com a rua Spontini estava fechado. A julgar pelas grades arriadas, devia ter ficado fechado o dia inteiro. Peguei a avenida de Montespan. O chão, coberto de gelo, obrigava-me a andar devagar. Isso me lembrou o modo como a professora de matemática atravessava a avenida Trudaine ao sair de sua sessão. A passinhos prudentes, como se o mundo estivesse semeado de emboscadas. Nesse instante, não me sentia muito diferente dela.

Corria o boato de que o palacete de Max Montignac ia ser penhorado pelo banco ao qual ele devia somas astronômicas. Essa mansão mostrava bem a megalomania do dono. Através do imponente portão de ferro fundido da entrada, via-se no fundo de um pátio interno uma fantástica construção de pedra, de três andares, que provavelmente datava do século XIX. De um homem que dava tamanha importância às aparências não se podia esperar outra coisa. Só as janelas do último andar e do térreo estavam iluminadas. Max já estaria lá? No fundo do pátio se entrevia a massa escura de um automóvel, seguramente o Mercedes dele. Percorreu-me uma dúvida: por que não me pedira que viesse mais cedo? Para ter tempo de armar uma cilada para mim? A não ser que estivesse ocupado com outra pessoa ou que — afinal, a presença de seu carro não provava nada — só fosse mesmo chegar na hora do encontro.

Fiquei diante do portão, hesitando sobre o comportamento a adotar. Entrar na casa de Max? Esperar no carro? O frio ia ficando insuportável, pinicava meu rosto, eu tremia cada vez mais. Foi o que me decidiu. Max não tinha me dado o código do portão. Omissão ou ato deliberado? Mas não tinha a menor importância. Quando contemplava *O 24º dia*, de Daurat, Olga notara que os dias em que ia me ver correspondiam ao código do portão de casa — segunda-feira, primeiro dia da semana, quarta-feira, o terceiro, sexta-feira, o quinto — contanto, porém, que se acrescentasse o título do quadro. "Talvez eu o esteja convidando para ir à minha casa", ela ironizara. Digitei o 135-24, uma luzinha verde acendeu em cima do teclado, enquanto um ligeiro clique acompanhou a abertura do portão. Entrei no pátio interno. A neve amorteceu o barulho de meus passos, assim pude cruzar sem ruído os trinta metros que me separavam da casa. Temi que a porta estivesse fechada a chave ou que fosse preciso outro código, mas bastou virar a maçaneta. Vi-me então num imenso vestíbulo onde a temperatura ambiente contrastava agradavelmente com a de fora. O lugar logo se impôs pela opulência. Tudo demonstrava o padrão de alto luxo. O chão era coberto por um tapete grosso de motivos ocres, azuis e rosa, as paredes eram de mármore cinza, e a intervalos regulares havia arbustos tropicais em imensos vasos de cerâmica, combinando com o tapete. De cada lado do vestíbulo, entre as cômodas envidraçadas que continham objetos exóticos, obviamente caríssimos, havia portas dando para as salas contíguas. No fundo, ao lado de uma cabine de elevador, uma escada de degraus atapetados de cor-de-rosa levava aos andares. Mais parecia o hall de um hotel de luxo internacional — como o Hilton — do que o de uma casa particular. Fiquei imaginando em que consistia a riqueza para Max, e agora a resposta saltava aos olhos. Era, primeiro, uma vitrine, o sinal de um sucesso inegável que afagava a sua vaidade e servia para inspirar confiança, e para impressionar os eventuais parceiros nos negócios.

De uma das salas do térreo vinha um barulho de vozes. Colei o ouvido na porta, sem conseguir entender o que se dizia. Parecia uma conversa entre pessoas bem-educadas. Seria Max? Ele não me esperava agora, mas o que eu arriscava se entrasse? Melhor surpreender do que ser surpreendido. Empurrei a porta, que dava para um vasto salão mobiliado num estilo que lembrava a Regência, Luís XV ou algo do gênero, cadeiras, poltronas e sofás de madeira com incrustações douradas, cobertos de veludo ou cetim, soalho encerado, tapetes e tapeçarias representando cenas libertinas com personagens saídos da mitologia. Afora isso, a sala estava vazia. A conversa vinha de um televisor. Um debate entre um ministro do governo e um deputado da oposição. Preocupados com sua imagem, ambos se esforçavam para ser bem-educados. Era a única manifestação sonora do salão.

Voltei para o vestíbulo. Diante de mim estava a escada que subia para os andares. O carpete abafava o ruído de meus passos. Enquanto ia subindo, pensei na fuga que Olga me contara na última sessão. Das escadas até o portão que não se abria. Eu fazia o caminho em sentido inverso. Eram os mesmos locais, mas habitados por uma angústia diferente. Olga fugia, ao passo que eu estava inteiramente voltado para o que ia descobrir.

Depois de subir o primeiro lance, fiz uma pausa. O andar estava todo escuro, mas a luz do térreo me deixou entrever um vestíbulo de dimensões menores que o anterior, embora igualmente luxuoso. De repente, ouvi novo ruído de conversa. Dessa vez, vinha do segundo andar. Outro televisor que passava o mesmo programa? Os debatedores pareciam mais virulentos. A não ser que tivessem voltado a ser o que eram, inclinei-me a pensar que eram pessoas de verdade em plena briga.

Continuei a subir. O vestíbulo do terceiro andar também estava no escuro, mas filtrava luz de todos os aposentos que da avenida eu vi iluminados. De um deles, chegou-me uma voz furiosa.

Era a de Max Montignac.

— O que é que eu tenho com isso? — berrava. — Não acha que já tenho encrencas suficientes? Minha mulher se arranca com a minha grana e além do mais preciso aturar um sujeito desses!

Não ouvi nenhuma resposta, só um ruído de passos. Alguém que andava nervoso de um lado a outro do aposento. Houve vários segundos de silêncio, e depois Max recomeçou num tom cuja brutalidade me apavorou.

— Ande, tire o time de campo! Estou esperando visita, não quero que fique aí. Está ouvindo? Dê o fora!

Mas o outro, evidentemente, não queria ouvir. Não o escutei se mexer. O desespero de Max aumentou.

— Está surdo, droga? Se não quiser dar o fora, você vai ver só, vou te pôr na rua!

Quase de imediato houve um barulho de móvel virado. Não sabia quem estava com Max, mas a priori não imaginava que fosse alguém que pudesse enfrentá-lo. Em todo caso, ele não se curvava. Um novo barulho de móvel, mais violento, levou-me a pensar que ele se debatia ou que se agarrava a tudo o que pudesse. Depois tive a impressão de que os dois homens tinham rolado no chão. E a luta continuava, mais apavorante ainda porque era silenciosa, pontuada por gemidos e ruídos de respiração ofegante. O jogo de pôquer ia tomando um aspecto inesperado. As cartas tinham voado, e Max chegara às vias de fato com esse jogador imprevisto. Que fazer? O homem seguramente estava em perigo. Avisar a polícia? Eu tinha visto um telefone no térreo, mas até descer, ligar e esperar a chegada de socorro, o pior podia se produzir cem vezes. Era agora mesmo que tinha que agir. Quem sabe uma irrupção brusca na sala pararia a luta? O efeito-surpresa era o único meio à minha disposição. Com o coração disparado, virei a maçaneta da porta, mas não pude terminar o gesto, pois espocou um tiro, depois um segundo e um terceiro.

Ouvi um longo gemido que expressava ao mesmo tempo um sofrimento infinito e um medo inefável de morrer, e depois o silêncio. Eu estava suando em bicas, minha mão que ficara na maçaneta da porta se agitava com um tremor incoercível. O homem estava morto, disso eu tinha certeza. O que diria a Max se entrasse na sala? Que tinha sido testemunha do crime que ele acabava de cometer? Estávamos longe do negócio que havia me proposto.

Desci sem barulho os dois andares, cruzei o vestíbulo, depois o pátio interno. Antes de passar pelo portão, levantei os olhos para as janelas do segundo andar. Uma delas acabava de ser aberta, uma silhueta se debruçava para fora: ou Max me ouvira ou estava espiando a minha chegada. Não prestei maior atenção e fui depressa para o carro, na avenida Victor-Hugo.

No caminho, parei numa cabine telefônica para avisar a polícia. Expliquei o motivo da ligação fingindo que era um vizinho alertado pelos tiros, e depois desliguei depressa para evitar as perguntas.

Ao chegar em casa, esvaziei meia garrafa de uísque. Não costumava beber tanto, mas dessa vez estava precisando. A embriaguez me fez bem. Depois, fui cambaleando para o quarto. Estava tão exausto que nem tirei a roupa. Deitei na cama e dormi.

Sonhei várias vezes com o palacete de Max. Era de noite, reinava uma desordem indescritível na sala onde eu não ousara entrar. Os móveis estavam virados, as cortinas das janelas arrancadas, as vidraças quebradas e os quadros das paredes cortados a faca. Max me olhava, não havia nenhuma expressão nos olhos dele. Estava em trajes menores — camiseta e cueca brancas —, a seus pés jazia um corpo também em trajes menores.

— Não devia ter vindo — dizia-me Max —, aqui estão acontecendo coisas que não lhe dizem respeito.

Fez sinal para que eu fosse até a janela, e obedeci.

Não vi o pátio de seu palacete, mas um cemitério. Aqui e acolá se distinguiam sepulturas, na maioria abandonadas. Não entendia o que ele queria me mostrar, quando, levantando os olhos, não pude prender um grito de terror. Diante de mim, sentados nos galhos de uma nogueira, vários lobos me olhavam em silêncio.

— O senhor leu demais as *Cinco lições de psicanálise* de Freud — disse Max com ar de censura.

Como eu olhasse para ele sem entender, esclareceu:

— A história do Homem dos Lobos, ora essa, não sou eu que vou lhe contar!

Depois apontou para o corpo estirado a seus pés. Aproximei-me e reconheci Olga. Estava lívida, sua garganta atravessada por uma marca violácea.

— É culpa sua! — ele gritou —, tinha que ter tomado cuidado.

Quis responder, mas Olga me impediu. Enlaçou-me com seus braços, puxou-me para ela. Seu corpo estava gelado e rígido.

Exatamente como aquele ao meu lado, na cama.

Com a diferença de que este me pareceu real.

5

Real, mas não totalmente gelado.

Nem totalmente rígido.

Eu estava acordado ou era o sonho que continuava?

Olga saíra do divã, seus dois braços passados em meu pescoço me puxavam para ela.

Um cadáver que queria ser amado. Como fora parar na minha cama? Tentei recapitular o que tinha feito desde que chegara. Teve o uísque, a embriaguez, o quarto... Em nenhum momento me lembrava de ter passado pelo consultório ou de ter me aproximado de Olga. Mas tinha que aceitar o óbvio, ela estava ali, como no sonho com Max. A não ser que eu estivesse debaixo do divã ao lado dela. Bebi uísque demais para saber onde estava *de verdade*. A única certeza que tinha era que ela me abraçava com tanta força que, apesar do meu esforço, eu não conseguia escapar. Ao mesmo tempo, sua pele parecia menos gelada. Será que se aquecia em contato comigo? Estava nua — custei a perceber, sobretudo porque não me lembrava de ter lhe tirado a roupa —, mas sua nudez não tinha nada de repugnante. Esse corpo que me abraçava era cada vez menos gelado, e sua pele era muito macia.

Impôs-se uma idéia: essa pele era para se acariciar, era a manifestação indiscutível de uma nudez que queria ser amada. Peguei a nudez em meus braços, primeiro com timidez, depois com mais força. Percebi então que também estava nu. Quando tinha me despido? Não fazia a menor idéia. Estava bêbado demais para lembrar. Havia um rosto debruçado sobre mim. No escuro, adivinhei vagamente o seu contorno, mas era incapaz de reconhecê-lo. O de Olga? Seus cabelos eram mais compridos. A morte, é verdade, não impedia que cabelos e unhas crescessem. Depois, suas pernas me cercaram. Pernas com meias. Percorri-as até a incrustação imitando diamante que enfeitava os tornozelos. O toque de vulgaridade para excitar os homens. Quis falar — pelo menos fazer uma pergunta —, mas o rosto grudou sua boca na minha. Mãos me guiaram, excitando meu desejo. De repente, tive a impressão de ser agarrado, literalmente aprisionado pelas meias, enquanto as pernas se fechavam sobre mim. E de novo senti a pele. Uma pele quente e acetinada que me envolvia todo.

Deixei-me levar por essa suavidade.

A boca colada na minha tinha razão. Qualquer palavra era supérflua. Só os gestos importavam. Inscreviam-se numa continuidade. Uma continuidade de mulheres brutalizadas. Familiares de minha cama ou de meu divã, amadas ou mantidas à distância, mas, de um jeito ou de outro, simbólica ou realmente, maltratadas. Florence, que me deixara, a professora de matemática, que fugiu, Rebecca, que me ignorava, Olga, estrangulada. A morte de uma provocava a da outra. Infinitamente. Como aquele sonho que Lacan tinha com uma de suas pacientes, um sonho pascaliano, dizia ele, de uma infinidade de vidas se sucedendo sem fim, a existência brotava sempre de si mesma. Aqui, era uma infinidade de mortes que se sucediam, que brotavam uma da outra, de Florence a Olga.

Ela estava ali, gemendo sob a pressão que eu lhe fazia. O prazer lhe nascia a cada um de nossos gestos, mais violento, mais profundo, e enquanto eu a satisfazia uma voz de entonação contida mas violenta cochichava no meu ouvido: "Vá em frente, é agora que tem que lhe perguntar sobre os sete milhões. Eu já tentei, mas para o senhor ela deve dizer. Vá, mexa-se, meu chapa, faça a pergunta antes que seja tarde demais".

Mas ela não permitia. Agarrava-se em mim e se agitava com tanta fúria que eu não conseguia lhe perguntar. O prazer a deixava enlouquecida, atiçava seu furor. Queria me sugar ainda mais. Eu estava no centro de uma nudez superexcitada, uma nudez que não se possuía mais, a um só tempo me batendo e me apertando para me arrastar no seu naufrágio, enquanto lhe saíam injúrias da boca. Injúrias misturadas com saliva. As mesmas que ela dizia nas sessões para me excitar. A voz, um instante distanciada por essa fúria, voltou à carga. "Vá, meu chapa, não está percebendo? Tem que se mexer! Acabar com essa história, diachos!", recomeçou, impaciente. Tinha razão, era preciso acabar com aquela história. Acabar com aquela vida que gesticulava sem pudor. Então, cedendo à exigência, subi devagar até a garganta. Minhas mãos cercaram a nuca enquanto meus dois polegares procuravam se juntar. Eu conhecia muito bem esses gestos, tinham sido feitos na minha frente dois dias antes. Nada era mais fácil do que reproduzi-los. Os sete milhões já não tinham nenhuma importância, só contavam os dois polegares que eu lhe cravava na carne.

Ela parou de se debater. Simplesmente, sua respiração se tornou difícil à medida que a pressão na garganta se acentuou, e a língua saiu da boca. Eu a sentia, úmida, no rosto. Uma língua cheia de saliva, e não sei dizer se essa língua lambia os beiços por causa desse apertão ou se agradecia meus esforços para terminar tudo. Fiz cada vez mais força. Meus antebraços estavam moídos de dor, mas nada podia pará-los. A tempestade passara. O rosto diante de mim exibia agora uma calma profunda. De olhos fechados, esse rosto seguia de dentro para fora a progressão do falecimento. Às vezes se contraía sob o efeito da dor. Depois, como se isso fosse uma prova a superar, o rosto se refazia e esperava sereno a etapa seguinte. Mal o distingui, mas suas feições pareciam de uma suavidade infinita. Corpo contra corpo, aos abraços, eu gostava da morte que lhe ministrava, e minhas mãos caminhavam inexoravelmente para a conclusão.

Logo em seguida achei que o pescoço estava bastante fragilizado. Recostei-me na cama e joguei todo o meu peso sobre a garganta. Houve um estalo, depois tudo relaxou. Tive a impressão de que minhas mãos apertavam manteiga. Perceber que eu matava com tamanha facilidade me desconcertou. Por precaução, continuei a apertar, embora fosse inútil.

Foi quando ouvi um berro.

Apavorado, abri os olhos, Rebecca estava nua no meio do quarto. Nua, com meias escuras que lhe chegavam ao meio da coxa. Olhava-me como se eu tivesse perdido a razão.

Ao vê-la, tive a sensação de emergir de outro planeta. Só eu estava na cama totalmente desarrumada. Os lençóis, empurrados para o lado, arrastavam no tapete, um travesseiro voara de um lado a outro do quarto, eu segurava outro travesseiro na mão e, de pé na minha frente,

Rebecca me observava, horrorizada. Levei um tempo para entender que não se tratava de uma assombração.

— O que é que você está fazendo aqui?

Como única resposta, pegou o maço de Lucky que estava na mesa-de-cabeceira. As mãos dela tremiam, foram várias tentativas até acender o cigarro. Deu umas tragadas antes de apanhar suas roupas espalhadas pelo chão.

— O que estou fazendo aqui? Está virando um hábito seu esse tipo de pergunta. Será que não sabe?

Essas palavras me levaram à realidade. Uma angústia surda me invadiu, peguei um cigarro e o acendi com a mão tão trêmula quanto a dela.

— Como entrou? Não a ouvi batendo.

Abriu a bolsa, pegou uma chave e me mostrou.

— Com isso, é claro. Acha talvez que passei pela janela?

— Não estou entendendo, há dois dias tento encontrá-la, você se finge de surda, e de repente aparece na minha casa sem avisar.

— Pois é, garanto que isso não vai mais se repetir. — Lançou-me a chave na cara. — Tome a sua chave, depois do que acaba de acontecer não vou pôr os pés aqui de novo tão cedo.

Revi cada gesto que eu tinha feito.

— O que é que aconteceu? — perguntei, torturado por uma aflição insuportável. — Eu não tentei...

— É o mínimo que se pode dizer — exclamou, num tom entre a ironia e a raiva —, em matéria de tentar, você tentou pra valer! Só que se enganou de parceira. Assim que acabei de tirar a sua roupa você se jogou em cima do travesseiro. Sei que estava bêbado... basta ver a garrafa de uísque na sala..., mas daí a se excitar com um travesseiro! Você rolava na cama com ele, apertava-o com toda a força, acariciava-o, jogava-o para um lado e outro se rebolando todo, chamando uma tal de Olga. E eu estava ao seu lado e o olhava fazendo isso. Parecia uma suruba com a roupa de cama. Olga é o quê? É o seu travesseiro ou a sua nova amante? A que estava ao seu lado quando você me deu o bolo? E depois, de repente, você ficou completamente louco. Começou a apertar cada vez mais forte... se estivesse mesmo com uma mulher, aposto que ela não ia durar muito... e a gritar um monte de asneiras. Chamava um tal de Max... o seu edredom, imagino..., gritava que precisava de sete milhões, ou alguma coisa assim, eu não estava entendendo nada. Fiquei cheia desse delírio, e para pôr um ponto final nisso comecei a berrar mais alto que você, que acabou me ouvindo.

Esmagou o cigarro no cinzeiro e depois terminou de se vestir. Tive vontade de verificar se suas meias tinham uma incrustação na altura dos tornozelos, mas, mesmo me recostando na cama, não consegui.

— Talvez você não agüente o álcool — continuou Rebecca —, mas atualmente as coisas andam meio esquisitas para o seu lado. Tinha vontade de vê-lo, mas se soubesse que estava ocupado com o travesseiro, não o teria incomodado.

Tive a impressão de ouvir um soluço em sua voz. Se estava triste, esforçava-se para não deixar transparecer. "Você não é pago para cochilar", dissera-me Florence. Essas palavras se referiam também à minha atitude na cama?

Rebecca apanhou o mantô e foi para a sala.

— Obrigada por esta noite — disse —, vou me lembrar sempre. — Antes de sair do quarto, virou-se para mim e acrescentou: — No Bazar de l'Hôtel de Ville estão com uma promoção de roupa de cama e mesa, vá lá correndo, para arranjar uma namorada.

Em seguida, bateu a porta, cruzou a sala a passos largos e, instantes depois, também a porta do apartamento batia atrás dela.

Fiquei sentado na cama, com o travesseiro entre as pernas. Mais ainda que o sonho, essa briga me deixou arrasado. Esperei um pouco e depois fui até a janela. A neve que rodopiava em volta dos postes me fez pensar em insetos atraídos pela luz. Gostaria que tudo aquilo fosse apenas um pesadelo, mas a presença do Lancia, defronte do liceu, provava o contrário. Como se fosse necessária uma prova suplementar, Rebecca saiu do prédio. Enrolada no mantô, lembrou-me uma paciente depois da sessão. Entrou no carro, um Golf vermelho, estacionado um pouco mais longe. Após várias tentativas, conseguiu ligá-lo e se afastou na direção do bulevar de Rochechouart.

Apaguei o cigarro e voltei para me deitar, fixando o teto, sentindo-me vazio. Rebecca saíra daquele quarto, e talvez de minha vida, e eu nem sabia se ela usava meias Chantal Thomass. E lá em cima, no consultório, havia a outra mulher. Quando tivesse lhe dado um fim, ligaria de novo para Rebecca e a convenceria a voltar.

Com esse pensamento afundei num sono sem sonho.

Ao acordar, descobri debaixo da porta uma carta do banco me informando que meu débito chegava a duzentos e cinqüenta mil francos. Não tinha vontade de recomeçar meu dia com esse tipo de notícia e joguei a carta na lata de lixo. Coisas mais importantes me aguardavam.

Eram duas da tarde. Tinha uma sessão com Zlibovic dali a dois minutos. Ou seja, ia perdê-la. De toda maneira, não dissera a ele que ia me entregar a Chapireau? Mas, primeiro, queria saber o que havia acontecido na casa de Max. Quem era o homem que ele assassinara? Nem o rádio nem a televisão falavam. Pelo menos até agora, pois eu não tinha a menor dúvida de que acontecera um crime, como também não tinha a menor dúvida de que Max apareceria na minha casa de novo para me pressionar. Consultei a agenda: vários pacientes — entre os quais a professora de matemática e o Ejaculador Precoce — deviam vir. Não tinha vontade de recebê-los com Olga debaixo do divã. Em matéria de sessões a três — pensei no termo *suruba* utilizado por Rebecca —, eu já tivera a minha dose. Precisava resolver o caso o quanto antes. Até lá, os pacientes dessa tarde dariam com o nariz na porta.

Vesti o blusão e desci para comprar o *France-Soir*. Curiosamente, não encontrei Érostrate. O frio desestimularia os seus plantões ou teriam lhe proposto horas extras como Papai Noel?

Pelo menos dessa vez, a imprensa escrita passou na frente do rádio e da televisão. CRIME MISTERIOSO NA AVENIDA DE MONTESPAN era a chamada de capa para a reportagem nas páginas policiais. Uma surpresa me aguardava: duas fotos ocupavam o meio da página. Uma, agora clássica, de Max, e outra de Olga. Acima das fotos, a manchete em negrito indicava: O FIM DE UM EMPRESÁRIO.

E, embaixo, o seguinte texto:

Entre 21h e 23h, ontem à noite, Maxime Montignac foi morto com várias balas de 6.35 no seu palacete da avenida de Montespan. Transportado para o serviço de emergência do Hospital Sainte-Périne, faleceu pouco depois devido aos ferimentos. O assassino poderia ser uma pessoa próxima da vítima, e esta não teria desconfiado de nada. Dá-se a entender que se trataria de Olga Montignac, sua esposa. Indícios comprovando a presença dela no local do crime teriam sido encontrados no escritório onde o empresário foi assassinado. Mas por ora a polícia se recusa a dar qualquer declaração.

Max Montignac, como se sabe, estava sendo investigado a respeito de um empréstimo concedido pelo Banco Europeu do Comércio. Segundo o delegado Morand, que dirige a investigação, as empresas administradas por Max Montignac teriam sido avaliadas acima de seu valor real. O organismo responsável pela avaliação era justamente esse banco. Calculam-se em vários milhões de francos as quantias que foram, assim, passadas ao empresário. Elas ultrapassavam amplamente as garantias que ele tinha condições de oferecer. Essas somas teriam servido para financiar partidos políticos do governo e da oposição, pois Montignac tratava de angariar apoios de todos os lados, o que explica a indulgência de que se beneficiou até o momento. Mas essa fase parecia encerrada, pois mais ninguém duvidava de seu indiciamento e provavelmente de sua prisão.

A morte do empresário significa o fim das diligências, mas não da investigação. O delegado Morand ainda quer encontrar os dirigentes do banco que aceitaram fazer esses empréstimos a Max Montignac.

Quanto à esposa dele, atualmente está desaparecida. Um aviso de busca foi lançado pela polícia, que gostaria de colher seu depoimento.

Custou-me acreditar: não era o convidado de Max que havia sido assassinado, mas o próprio Max, e sua mulher é que aparecia como suspeita! Voltei à banca, comprei todos os jornais do dia e subi para casa. A leitura deles não me trouxe nenhuma informação nova. Max Montignac tinha sido assassinado na véspera, entre nove e onze horas da noite, na sua casa da avenida de Montespan. Quanto a Olga, as versões dos jornais eram ligeiramente diferentes. Ou não havia nenhuma dúvida sobre sua culpa, ou ela era apresentada como uma testemunha fundamental que a polícia queria ouvir.

De onde os jornalistas tiravam essas informações? Max recebera a visita de um homem. Não havia a menor dúvida, eu ainda o escutava dizendo: "Tenho que aturar um cara desses!". E foi esse homem que o matou.

Que fazer? Avisar Chapireau, dizer-lhe o que eu sabia? Essa história me levava longe demais. Arriscava-me a ser implicado, o assassinato de Olga já era mais que suficiente.

O telefone encerrou minhas indagações.

Era Chapireau. Sua ligação não chegou a me surpreender.

— Você precisa vir aqui agora mesmo — disse. — É urgente.

E desligou sem esperar resposta.

— Então você não reviu Olga Montignac desde segunda-feira e não ficou preocupado? Da última vez não demonstrou tanta neutralidade assim.

Eu apreciaria que Chapireau me poupasse de sua ironia. O rancor dele não amainara. Em vez de me receber logo, como supunha a urgência de sua ligação, deixou-me esperando quase uma hora numa sala minúscula e gelada. Sentado atrás da mesa, um policial à paisana batia um relatório numa velha máquina de escrever. Às vezes, dava-me uma olhada de desânimo; para ele, eu devia ser um delinqüente cuja prisão era óbvia. Por duas ou três vezes me levantei para esticar as pernas, mas todas as vezes ele me intimou, com um gesto de mão, a sentar.

Quando enfim me recebeu, Chapireau fez um gesto idêntico para me apontar a cadeira em frente à sua mesa.

Sem me dar tempo de abrir a boca, começou o interrogatório, voltando sem parar às mesmas perguntas: Olga era minha amante? Onde estava neste momento? Que fazia o carro dela embaixo do meu prédio? etc.

Eu não devia esperar nenhuma boa vontade de sua parte. O que ele não faria, pensei, se soubesse onde Olga estava naquele instante? Certo de que eu tinha alguma culpa na história, ele ficaria o tempo todo tentando me confundir.

Peguei um Lucky no maço. Calado, ele me olhou acendendo o cigarro. Tive a impressão de que cada um de meus gestos, cada palavra aumentavam a sua suspeita.

— Quantas vezes vou precisar repetir que é corrente faltar a uma sessão? Qualquer analista lhe dirá isso.

— E foi para me contar essa banalidade que você não parou de me telefonar?

Sua pergunta me pegou desprevenido. Tinha me esquecido completamente das repetidas ligações para a delegacia.

— Eu... eu queria convidá-lo para almoçar — balbuciei. — Nós estávamos meio afastados por causa daquela mulher... Impunha-se uma explicação.

— Então por que não respondeu ao meu recado?

— Não tive tempo... mas ia responder.

— Claro — ele concordou, debochando —, você insiste em falar comigo, e quando deixo um recado na sua secretária eletrônica, não tem mais tempo... Tudo isso é muito coerente.

Não tive o que responder. De repente, perguntou:

— Também é coerente que o carro de Olga Montignac ainda esteja em frente ao seu prédio?

De novo fiquei quieto.

— Falando nisso — disse —, gostaria de saber quem pagou as multas dela. Conheço o guarda municipal do seu bairro, ele é implacável, um verdadeiro maná para o Departamento de Trânsito. Ele não economizou nas multas. — Abriu a gaveta da mesa e tirou um maço de papéis retangulares de cor azul. — Quem pagou, você ou Olga?

Olhei-o sem entender.

— Essa não! — exclamei. — Se o carro dela ficou em frente ao meu prédio, o que é que eu tenho com isso? Tenho uma carta de residente para estacionar na avenida, não vejo por que iria cuidar das multas dos outros.

Havia algo que eu não estava entendendo. Eu poderia realmente ter pago aquelas multas e não me lembrar mais? Continuação do episódio confusional que teria me levado a estrangular Olga? A não ser que Max tivesse pago. Mas por quê?

— Tudo bem — admitiu Chapireau —, não foi você que pagou essas multas. Mas não vá me dizer que Olga Montignac ia à sua rua de propósito para... ou que é um presente do Papai Noel... Será que — acrescentou, quase ameaçador — não seria melhor admitir que escondeu essa mulher até o assassinato do marido? — Tirou do bolso um maço de Chesterfield, pegou um cigarro, acendeu com o isqueiro, e depois, separando bem as palavras, disse: — E o assassinato do marido, você tem alguma idéia a respeito?

Soprou devagar a fumaça para o teto enquanto eu esmagava meu cigarro no cinzeiro transbordando de guimbas. Por instantes essa operação prendeu seu interesse, depois, vendo que eu não respondia, recomeçou:

— Minha impressão é que há fortes suspeitas contra essa mulher. Obviamente ela possuía as chaves da mansão e, é provável, as do escritório; podia com toda a tranqüilidade esperar o marido e matá-lo. Razões não faltavam. Ele era de uma violência inacreditável. Ela nos mostrou as marcas no corpo. Nós lhe propusemos dar queixa, mas ela se negou. Imagino que deve ter lhe contado isso, do contrário, me pergunto o que é que fazia com você.

— Só falava disso. Sua cleptomania era uma forma de provocar o marido. Não suportava viver sob a autoridade desse sujeito. Um paranóico que achava que tudo era permitido, tendo além do mais uma fortuna considerável.

Chapireau deu de ombros, irritado.

— Tudo isso é conversa fiada, invenções de jornalista. Montignac não tinha um tostão. Você conhece o provérbio "Só se empresta aos ricos". O talento dele consistia em dar a entender que era rico. Para isso, não economizava: palacete, recepções suntuosas, escritórios de alto luxo, avião particular. Todo o deslumbramento da riqueza. Na verdade, era só papo. Nem um centavo. Mas contava com a imprensa para repercutir essa ostentação. Sua tática era simples: toma lá, dá cá. Ou seja, pedia emprestado aqui para pagar ali. Velho como o mundo, mas eficaz. Sobretudo com ele! Sua notoriedade era tamanha que, apesar das dívidas, os bancos nem de longe se mostravam reticentes. Max os comparava a essas mulheres no cio que levantavam a saia quando ele passava. Não era mentira. Eles lhe abriam os cofres, escancaravam, bastava que ele se servisse. Isso lhe permitiu salvar empresas falidas que ele comprava por um franco simbólico e revendê-las com um lucro gigantesco. E desse lucro seus credores se aproveitavam. É incrível a quantidade de gente envolvida no negócio. E olhe que ainda não acabei de examinar tudo! Seus apoios políticos lhe serviam para abrir todas as portas. Utilizavam Montignac para alimentar o caixa dois em dinheiro vivo. Agora que está na berlinda, fingem descobrir quem era ele ou então juram que não o conheciam. Em suma, os ratos estão abandonando o navio... Olga, toda vez que a apanhávamos, reclamava dizendo que o marido é que devia ir para a cadeia. Porque, comparada a ele, era uma santinha.

— Mas, afinal, não seria por isso que ela o mataria!

— Claro que não! Matou-o antes que ele a matasse. Segundo Olga, Max queria eliminá-la porque sabia coisas demais a respeito dele, mas ela não abria muito o jogo, ou então falava o que estava na imprensa. Não a levamos a sério. Reconheço que foi um erro. Pensando bem, sua cleptomania devia ser uma espécie de apelo de socorro.

Parou para procurar um lugar no cinzeiro. Não achando, jogou a guimba na cesta de lixo. Sua sala fedia a cigarro apagado; ele devia ter passado o dia fumando um cigarro após outro. Visivelmente, o caso Montignac o instigava. Acendeu mais um Chesterfield e, depois de hesitar um pouco, ofereceu-me um, que aceitei.

— Em todo caso, teria sido melhor para ela se a prendêssemos. Um roubo em loja é menos grave do que um crime. Infelizmente, por causa do seu depoimento tive que soltá-la.

Tinha razão. Se ela estivesse na cadeia, pelo menos não ia acabar debaixo do meu divã. Fiquei tentado a lhe confessar a verdade, mas ele não me deu tempo.

— Tenho certeza que você me contou umas lorotas, naquela noite — disse. — Mas não vamos voltar ao assunto. Compreendo que quisesse protegê-la. Se eu tivesse uma amante nessa situação, talvez fizesse o mesmo.

— Olga Montignac nunca foi minha amante.

— Eu tenho a prova do contrário.

Arregalei os olhos.

— A prova do contrário?

— Sua faxineira o flagrou com ela no divã. Ela estava seminua, você a beijava bem na boca. Não me venha dizer que é assim que você trata os pacientes. Olhe o depoimento da sua faxineira, pode ler.

Então era por isso que Mai-Li mostrava tanto empenho em me evitar. Ignorei a folha datilografada que ele me estendeu.

— Você interrogou minha faxineira! Com que direito?

Minha indignação não o comoveu.

— Ela o flagrou com essa mulher, sim ou não?

Mais uma vez fiquei quieto. Chapireau não insistiu.

— Não estou exigindo confissões assinadas. Você é livre para dormir com quem bem entender. Só que o fato de Olga ser sua amante explica muita coisa. Você já quis evitar que ela fosse presa, e agora quer proteger a sua fuga.

— É mentira.

— Então, onde ela está?

— Sei lá.

— Como assim, sei lá?

— Sei lá, e pronto.

— Ela não lhe disse nada antes de fugir?

— Não.

— Portanto você a viu antes que fugisse?

— Eu *não* a revi! — gritei, furioso. — Ela não voltou desde segunda-feira. O que fez depois, ignoro.

— Sinto muito, mas não acredito.

— Tem mais testemunhas e provas contra mim?

Mostrou-me um maço grosso de listas de computador, em cima de sua mesa.

— São as operações bancárias que Max Montignac realizou nessas últimas semanas — disse. — Sete milhões de francos, saídos de suas diversas contas, inclusive da Suíça e de Luxemburgo. Raspou tudo o que pôde. Não para pagar os credores. Preparava-se para sair da França antes de ser convocado pelo juiz de instrução. Não achamos nada no cofre da avenida de Montespan. Ou escondeu em outro lugar, ou seu assassino... ou melhor, sua assassina... levou. Olga conhecia os planos do marido, sabia que queria se livrar dela. Imagino que tenha lhe falado sobre isso durante as... sessões de vocês. O que se segue é transparente. Ela mata o marido e foge com o dinheiro. Do seu ponto de vista, é uma indenização pelo que sofreu. Em todo caso, é a versão que vou privilegiar.

— Isso é o que se chama um conjunto de suposições — observei.

— A sua participação nessa história também é óbvia. Olga lhe contou os projetos dela. Reconheço que você deve ter tentado dissuadi-la, mas sem sucesso, e talvez sem insistir muito. Porque, no fundo, esse crime é bom para você. Montignac é um canalha. Que escrúpulos se pode ter com um homem desses? A mulher dele é sua amante. Ele ameaça matá-la. Já é uma boa razão para eliminá-lo, não é? Além disso, amealhou uma boa bolada, e ocorre que você está metido até o pescoço em dificuldades financeiras. A partir daí, fecha-se o círculo. É verdade que não foi você que fez a coisa, a meu ver é incapaz de matar alguém. Mas Olga não. Portanto, você a hospeda até que ela cometa o crime. Para que não se descubra que o Lancia dela está na frente da sua casa, você paga as multas. E quando Olga mata o marido, você a ajuda a fugir. Estou enganado?

Olhou-me direto nos olhos para julgar o efeito produzido. Eu estava perplexo. Ele acreditava naquela história ou a armara do início ao fim para me fazer confessar?

— Se não quiser agravar sua situação — recomeçou —, seria melhor que me dissesse onde vocês combinaram de se encontrar.

— Podemos parar por aqui — respondi. — Se está convencido da minha cumplicidade nesse crime, então me prenda. Quero apenas chamar um advogado. É meu direito, não é?

Chapireau me olhou com um ar preocupado. Depois pegou o cinzeiro e o esvaziou na cesta de lixo.

— Eu realmente poderia não deixá-lo sair daqui — disse —, mas, ao contrário do que está pensando, não tenho a menor vontade de persegui-lo. Somos velhos amigos e por ora tenho apenas suspeitas. Em compensação, peço-lhe que permaneça à disposição da polícia e que não saia de Paris sem me avisar. Bem, agora pode voltar para casa.

Não me cumprimentou e mais uma vez tive a sensação de ter sido posto para fora da delegacia.

Não demorou muito. Logo depois que voltei da delegacia, um reboque da polícia veio pegar o Lancia. A camada de gelo complicou a operação, e agora a vaga livre — nenhum outro carro foi estacionar ali — quebrava o alinhamento dos veículos estacionados. Parecia um buraco numa boca desdentada.

O que Chapireau esperava encontrar naquele carro? Não tinha a menor idéia, rotina policial, com certeza. Por outro lado, se não sabia onde Olga estava, devia estar convencido de que eu o levaria a ela. Senão, por que me deixou ir embora? Seria bom que eu me livrasse de Olga. Não ter contado sua morte a Chapireau me apontava como seu assassino. Hipótese que me confirmaria como assassino de Max e sobretudo como o responsável pelo desaparecimento dos sete milhões. Da noite para o dia, eu passava a serial killer. Primeiro, Olga — por causa dos sete milhões —, depois, o marido. Como eu *já* tinha matado Olga, o assassino de Montignac só podia ser eu. Por que motivos? Que eu não me preocupasse, pois ele encontraria. A lógica de um promotor não era muito distante da de um Montignac. Mas eu não admitia que eles fossem me prender.

Para escapar, só via um jeito. Um jeito que me repugnava, que Zlibovic necessariamente desaprovaria, mas eu não tinha escolha.

Eram duas horas da manhã e tive tempo de sobra para cristalizar a idéia em minha mente. Ao sair da delegacia, passei numa loja de ferragens para comprar uma barra de ferro, e agora sabia exatamente o que ia fazer.

Primeiro, desci para verificar se não havia nenhum guarda rondando meu prédio. Um frio polar me recebeu. Parecia não haver mais vida por ali. Érostrate devia ter emigrado para outros céus mais clementes. Os postes de luz refletiam a própria luz esbranquiçada, que salientava mais ainda a solidão e o silêncio. Dei uma volta pela avenida, sem descobrir ninguém que desse a impressão de estar vigiando as redondezas.

Ao voltar para casa, tirei Olga de sob o divã. Apesar de minhas precauções, não consegui impedir um início de fermentação. Um cheiro ácido pairava no consultório. Havia muito tempo que Olga estava lá. Uma lividez arroxeada apareceu na ponta de seus dedos. Mas não me demorei observando esse espetáculo, meus gestos foram precisos e eficazes. Fui buscar uma manta no andar de baixo. Curioso ritual que exigia manter um cadáver fora da vista dos outros, mesmo se, às duas horas da manhã, em pleno inverno, os riscos de cruzar com alguém praticamente inexistiam. Enrolei Olga na manta e a arrastei até a entrada. Depois de verificar que não havia ninguém na escada, chamei o elevador. Foi relativamente fácil colocá-la ali dentro. Na verdade, as dificuldades começariam lá fora. O Volvo estava estacionado defronte do liceu, o que me obrigava a atravessar a avenida. Com aquele tempo, uma operação dessas com um cadáver nas costas não era fácil. Chegando ao térreo, pus Olga no ombro direito e atravessei o hall do prédio, receando dar de cara com um noctívago que estivesse voltando tarde. Não encontrei ninguém e saí sem problema.

Sob o efeito do frio, a neve se transformara numa crosta gelada, terrivelmente escorregadia. Não tinha prestado atenção quando fiz o giro de reconhecimento, mas com Olga nas costas era outra história. Avançando devagarzinho, cheguei à beira da calçada. O canteiro no meio da avenida me pareceu uma ilha inacessível, ligada ao mundo por uma rua luzidia. Um espelho que para ser atravessado exigia uma perigosa expedição. Se conseguisse, teria que cruzar em condições idênticas a outra pista da avenida. O que parecia fora do meu alcance, visto que Olga me pesava cada vez mais no ombro. Precisaria trocá-la de lado, mas estava numa posição instável, o menor movimento podia provocar uma queda. Além disso, não tinha pensado em pegar as luvas e meus dedos estavam gelados, sentia-me incapaz de coordenar os gestos. Mas voltar com Olga para casa era impensável.

Cheguei à rua. O chão estava ainda mais escorregadio do que eu temia. Meus pés iam para todo lado, estava vendo a hora em que, sem saber como, acabaria estatelado no meio da avenida. Se aparecesse um carro, seria impossível evitá-lo. Ainda bem que nenhum veículo apareceu, continuei andando, agarrado na minha carga, certo de que jamais atingiria o canteiro. Mas o milagre se fez e consegui chegar. Por causa do cascalho, achei a neve um pouco mais mole, ou menos perigosa. Pus Olga no chão com um suspiro de alívio. Essa primeira travessia me deixou exausto, mas ainda havia a seguinte, até o Volvo, estacionado do outro lado da avenida.

Esperei um pouco, depois tornei a levantar Olga nas costas. Ela estava na mesma posição, dobrada sobre si mesma, petrificada pelo gelo numa espécie de ferradura que de maneira nenhuma poderia ser esticada. A manta que a enrolava estava gelada e dura. Parecia que fazia parte de Olga. Olhei se de fato nenhum carro se aproximava, depois iniciei a segunda travessia, esperando que o milagre se reproduzisse.

Não se reproduziu. De repente, torci o pé, caí de costas e larguei Olga. Ela perdeu a manta e, escorregando no gelo como numa pista de boliche, foi parar num carro estacionado cerca de dez metros à frente e ali ficou encostada, com o casaco do tailleur completamente desabotoado e as pernas abertas, como se estivesse voltando de uma farra.

Quis agarrá-la, mas, mal me levantei, voltei a ficar com as pernas para cima. Após várias tentativas infrutíferas, preferi ir rastejando pelo gelo. Assim, alcancei Olga, agarrei-a por uma perna e depois — tal como um jogador de hóquei empurrando o bastão diante de si — fiz pressão para empurrá-la até o Volvo. Deslizava reta como uma bola de bilhar, por isso chegou ao carro com dois ou três empurrões. Nesse momento, ouvi o ruído de um motor. Apressei-me para pegar Olga, abri a porta do passageiro e a joguei dentro do carro, em cima dos assentos de couro.

Ainda bem, pois um carro da polícia acabava de aparecer na avenida, com os faróis apagados. Sua presença naquele lugar deserto era uma incongruência. Vinha bem devagar. Visivelmente o motorista estava mais preocupado com os riscos de derrapar do que com a vigilância do bairro. Chegando à altura do Volvo, diminuiu um pouco a marcha. Alguns rostos se viraram para mim e depois a viatura se afastou devagar, indo para a rua Malesherbes. Apesar do frio, eu estava transpirando muito. Ao meu lado, o nariz de Olga estava embicado no painel. Fui abrir o porta-malas, voltei para pegá-la, arrastei-a como pude no gelo e a coloquei ali. À custa de novos tombos, apanhei a manta no meio da avenida e a guardei junto com Olga. Depois, sentei ao volante e liguei o carro. Não aconteceu nada. O motor engasgou e parou numa inércia que parecia não poder ser alterada. Fiz várias outras tentativas, em vão. Fiquei desanimado: era tão inútil pretender ligar esse carro quanto trazer Olga à vida.

Como para confirmar esse diagnóstico, ouvi alguém me dizer com voz pastosa:

— Melhor deixar pra lá, chefe. A bateria deve estar completamente arriada. Com esse frio, não espanta.

Levantei a cabeça e descobri Érostrate debruçado em cima de mim.

Estava com a fantasia de Papai Noel, o que lhe dava um aspecto estranho. Quem o visse poderia pensar que o saco que arrastava estava cheio de brinquedos.

— O que está fazendo aqui? — perguntei, surpreso.

— Acabou a Papai-Noelaria — respondeu —, anticongelante demais na cuca. Fui despedido, mas me deixaram a roupa de trabalho. Então, vim me abastecer. — Mostrou-me o saco, abarrotado de coisas. — Até Batignolles, para achar anticongelante, já imaginou? Conheço alguém por lá que não me nega nada, qualquer que seja a hora. Uma boa talagada, isso esquenta. E, agora, estou aqui.

— Está aqui há muito tempo?

— O suficiente para tê-lo visto escorregar com a manta.

— Só isso?

— E tem mais?

Não respondi, e ele observou:

— Ele não vai pegar, não, o seu Volvo. Com esse tempo, a bateria não agüenta. Que nem o Lancia da sua paciente. Eu estava no Jean Bart quando o rebocaram. Para o senhor ver...

Estava apoiado na porta do carro, seu hálito fedia a bebida. Senti-me desconfortável. Poderia jurar que ele sabia mais do que demonstrava, e que me dava pequenos toques para sugerir isso, como quem não quer nada.

— Mesmo empurrando o carro — disse —, não ia adiantar nada. Não tem corrente suficiente. Precisa de uma bateria nova.

— Pois é — disse eu, saindo do carro —, amanhã veremos.

— Eu podia lhe dar uma mãozinha. Agora que não tenho mais a Papai-Noelaria... E bateria é comigo mesmo.

— Obrigado, mas já sou bem grandinho e posso me virar.

— Como quiser, chefe — disse, levando um dedo ao capuz de Papai Noel. — Estou aqui para servi-lo, mas, pode crer, isso não é trabalho para intelectual.

Depois se afastou, todo vestido de vermelho, arrastando o saco atrás de si. Papai Noel! De repente me lembrei das palavras de Chapireau na delegacia: "Foi o Papai Noel que pagou as multas de Olga". Mas por que Érostrate teria feito isso? Além do mais, de onde teria tirado o dinheiro? Não dava a impressão de viver como um nababo. Olhei-o desaparecendo na neblina, não sem apreensão. Uma outra pergunta, bem mais preocupante, me atazanava a mente: só me viu apanhando a manta ou assistiu a toda a cena?

Em todo caso, para essa noite o plano tinha fracassado. Por causa da bateria eu estava condenado a esperar até amanhã. Salvo se Érostrate avisasse a polícia. No entanto, mesmo se tivesse visto alguma coisa, eu não acreditava que avisaria. Tinha certeza de que estava com outros planos na cabeça.

Voltei para casa e terminei a garrafa de uísque e, como na véspera, fui dormir caindo de bêbado, sem me despir. Dessa vez, nem mulher nem travesseiro vieram perturbar meu sono.

Sonhei que era noite e que estava num cemitério — aquele que vira das janelas da casa de Max, no sonho anterior —, um homem vestido de Papai Noel me acompanhava. Perambulamos entre as sepulturas recitando um verso de Verlaine.

No velho parque solitário e gelado,
Dois espectros evocaram o passado.

Sentado nos galhos de uma nogueira, lobos olhavam para nós, pareciam recitar junto conosco.

— "Lembra-se de nosso êxtase antigo?" — perguntava um.

— "Por que afinal você quer que eu me lembre?" — respondia o outro.

E só paravam para rir às gargalhadas.

6

— Acha que isso vai resolver os seus problemas?

A pergunta parecia óbvia, mas me pegou desprevenido. Deu vontade de acender um cigarro. Mas era muito complicado ir buscar o maço no sobretudo. De toda maneira, fumar não me ajudaria a encontrar uma resposta. A análise não consistia em satisfazer minhas necessidades, mas em tentar compreender o significado delas. E ninguém melhor que eu para saber.

— Sei lá — respondi —, o que é que aconteceu com Olga? É incompreensível. No início, pensei numa pulsão incontrolável. Mas houve aquela noite com Rebecca. Ela estava deitada ao meu lado. Queria fazer amor. E sonhei que a estava estrangulando, exatamente como aconteceu com Olga. Ao acordar, vi que era o meu travesseiro que eu apertava nos braços. Raras vezes passei por uma situação tão ridícula. Rebecca foi embora furiosa. Mas o fato é que estava ao meu lado e não a estrangulei como sonhava... Será que não sou um assassino? Mas houve as acusações de Max e de Chapireau. O primeiro estava convencido de que matei Olga para ficar com os sete milhões, o segundo, que eu era cúmplice do assassinato de Montignac pela mesma razão. Não me reconheço em nada disso. Do assassinato de Montignac, só fui a testemunha indireta. Max me esperava em casa. Dizia que podia me tirar daquela enrascada. Quando cheguei ao palacete, escutei uma altercação numa sala. Brigava com um sujeito. Provavelmente um empresário da mesma laia. Não me atrevi a entrar. Houve tiros, pensei que o sujeito tinha morrido e fugi. No caminho, chamei a polícia de um telefone de rua, fingindo que era um vizinho. Mas quando Chapireau desconfiou de mim, achei que era óbvio que eu não me safaria. Que ninguém acreditaria que desconheço tudo sobre esse dinheiro. Mas é verdade... Nem sei se Olga me falou disso. Só que conheço a polícia e a justiça, e quando acham um motivo não nos largam mais. Vão pensar que matei essa mulher para roubá-la.

Virei-me para Zlibovic. A palidez de suas feições me impressionou. Tive a sensação, pela primeira vez, de descobrir que ele era velho e que provavelmente não tinha mais muito tempo de vida.

— Como poderia desconfiar que a história ia dar essa guinada? — recomecei. — Agora não tem mais jeito, preciso me livrar de Olga. Anos atrás tive um paciente que eu chamava de Diamantário, por causa de sua profissão. Era um adepto dos encontros noturnos no cemitério do Père-Lachaise. Tinha tanto sentimento de culpa que me entregou uma chave com a qual entrava lá quando quisesse, como um jogador que se autoproibisse de entrar no cassino. Guardo essa chave até hoje, e tenho talvez o meio de encerrar essa história. Achei que ontem tudo estaria resolvido, mas meu carro se negou a pegar. É engraçado, não é? Tem uma interpretação para isso?

Ele não tinha. Só fui brindado com o seu silêncio, e foi então que uma velha lembrança me veio à memória.

— Essa história me faz pensar na girafa azul que meu pai comprou para mim quando eu tinha três ou quatro anos. Esses bichos de pelúcia que se dão às crianças quando não se tem idéia melhor. Nunca ele havia me dado nenhum presente, e uma noite, sem mais nem menos, chegou com aquela girafa. Fiquei tão sem jeito que não consegui agradecer. Meu silêncio o magoou e o jantar terminou num clima glacial. Foi o único presente que me deu. Curioso presente, aliás... Aquela girafa me inspirava emoções contraditórias, mas por nada neste mundo eu a abandonaria. Seus olhos de plástico preto... uns botões brilhantes cosidos na pelúcia... davam-me um medo horroroso. Para conjurar esse medo eu não parava de lhe dar surras. Batia nela, jogava-a contra a parede, torcia o seu pescoço. Até o dia em que a achei decapitada em cima da cama. A cabeça de um lado, o corpo de outro. Separados, ou melhor, arrancados com a intenção evidente de fazer mal. A palha que escapava dos cortes produzia um efeito engraçado. Parecia que ela estava perdendo sangue. Não fui eu que fiz aquilo, juro. Fiz a girafa sofrer, é verdade, mas não arranquei o pescoço dela. Acusei Benjamin, um amigo que vinha brincar comigo. Ele negou, mas não acreditei. Brigamos. Ninguém tinha o direito de pôr a mão no meu bicho de pelúcia. Está entendendo? Foi a maior dificuldade para conseguirem nos separar e fui castigado. Duplamente castigado, até. Por ter batido em Benjamin e por ter estragado a girafa que meu pai me deu. Tive a sensação de uma injustiça terrível. No entanto, Benjamin não tinha nada a ver com isso, como logo confirmei. Quem era? Não consegui descobrir. Pensei que meu pai queria se vingar da maneira como eu tratava o presente dele. Mas era muito difícil acusá-lo. Quase quarenta anos se passaram e até hoje não sei quem fez aquilo... Quanto à girafa, não suportava vê-la naquele estado. Vivia perdendo palha. Uma verdadeira hemorragia. Todo dia morria um pouco mais. Tentei consertá-la, enchendo-a de palha e retalhos de pano, mas não consegui modelá-la direito. Quando eu apertava de um lado, ela se estufava de outro. Juntar a cabeça ao corpo também não deu certo. Primeiro, quis costurar, mas o tecido ia se rasgando, e então tentei pregá-los com esparadrapo. Foi pior. A cabeça ficava pendurada, depois se separava do corpo e a palha escapulia de novo. Finalmente, eu me enchi. Era a primeira vez que lidava com um cadáver, aquilo me parecia repugnante. Tranquei-a numa caixa que enterrei na pracinha d'Anvers. Ninguém nunca soube disso, nem minha mãe, que me acompanhou até lá. Quando voltei para esse bairro, há alguns anos, não reencontrei o lugar. Talvez a caixa ainda esteja lá, mas definitivamente perdida. É o que vai acontecer com Olga se eu conseguir executar meu plano. Mais ninguém vai querer saber dela... Não acha?

Se não esperava resposta à minha pergunta, esperava menos ainda ouvir um assobio regular atrás de mim. Surpreso, virei-me. Zlibovic estava ligeiramente curvado na poltrona e sua cabeça balançava. Não acreditei no que vi. Eu não era o único analista que dormia durante a sessão — embora devesse ser o único a acordar com um cadáver no divã —, mas jamais imaginaria Zlibovic fazendo a mesma coisa. Levantei-me um pouco para observá-lo melhor. Não se mexia. Minha girafa e eu tínhamos parado de existir para ele. Já passava do meio-dia, lá fora estava escuro, como se a noite fosse cair a qualquer momento, e Zlibovic desaparecia na semi-escuridão do consultório.

Sem pensar no que estava fazendo, levantei-me. Foi estranho me ver no meio daquela sala, diante do meu analista dormindo. Era um sacrilégio. Ao mesmo tempo, só por ter me atrevido a sair do divã, senti-me dono da situação. Aproximei-me de Zlibovic. Ele soltou um grunhido e se encolheu um pouco mais, como se, adivinhando minha presença e sem vontade — ou sem força? — de enfrentá-la, procurasse refúgio no sono. Tinha enrolado os joelhos numa manta, o que não notei ao me deitar no divã. Será que esperava que eu me deitasse para se enrolar? Com essa coberta, lembrava um doente. Poderia estar de robe ou de pijama, não faria a menor diferença. "Velho maluco!", dizia Florence. Essa apreciação me parecia injusta, mas o fato é que me veio à mente ao ver Zlibovic afundado na poltrona, de olhos fechados, boca entreaberta, da qual escapava a intervalos regulares um ligeiro ronco. Um velho que se abandonava sem a menor compostura, de rosto enrugado, vencido pela idade. Em seu crânio ainda havia alguns cabelos ruivos e sem brilho, os tufos de pêlos que saíam das narinas e das orelhas o tornavam definitivamente patético. Com toda a certeza os anos estavam contados para ele. Nada teria sido mais fácil do que encerrar esse percurso. Bastaria pôr as mãos na sua garganta, um pouco acima do gogó, e apertar de uma só vez. Seus olhos se revirariam, uma ponta de língua escaparia dos lábios secos e a morte lhe colocaria no rosto uma máscara tão horrorosa quanto a de Olga.

Será que era melhor voltar para o divã e esperar que ele acordasse? Mas não tinha a menor vontade. Debrucei-me sobre ele e o sacudi, pelo ombro, primeiro devagarzinho, depois cada vez mais forte. Tudo o que consegui foi um novo grunhido quando se virou de lado.

Então, pus os seiscentos francos em cima da cômoda, peguei meu sobretudo no gancho e saí fechando a porta de mansinho.

Embaixo do prédio de Zlibovic comprei os jornais matutinos. Voltavam à morte de Max, mas sem trazer elementos novos. Lembravam que ele fora assassinado com três tiros à queima-roupa de um Webley 6.35. Quanto a Olga, a polícia ainda não a localizara. Contudo, calculava-se — vai saber por quê — que sua prisão não tardaria. Em compensação, nada sobre o dinheiro que Max teria juntado para a fuga. Contrariamente à hipótese de Chapireau, dava-se a entender que Olga matara o marido por motivos passionais. DRAMA DE CIÚMES era a manchete de *Le Figaro.* Essa hipótese, aventada em vários jornais, relegava a segundo plano as complicações judiciárias de Max.

Nada disso tinha o menor interesse. Enfiei os jornais numa lata de lixo; a única coisa que interessava era dar um fim em Olga. Uma vez livre dela, e salvo uma reviravolta imprevista, Chapireau não ia ter nada contra mim. Eu me ateria ao que lhe dissera, ele procuraria Olga onde lhe desse na telha; quando se cansasse, arquivaria o processo. Quanto ao assassinato de Max, tudo levava a crer num acerto de contas entre homens de negócios inescrupulosos. Nada que me dissesse respeito. No mais, quanto à morte de Olga, eu daria um jeito com Zlibovic. Essa solução, era preciso reconhecer, não me satisfazia de todo, mas não tinha outras à disposição. Assim, na situação atual, preferi adotar esse comportamento.

Chegando à avenida Trudaine, resolvi começar pela bateria. A oficina mais próxima ficava na praça Blanche.

Fui a pé até lá e voltei, uma hora depois, com uma bateria nova. Era pesada, meus esforços para carregá-la, conjugados com o cansaço da noite anterior, deram-me uma violenta dor de cabeça. Ao chegar diante do Volvo, esperei que minha nuca e minhas têmporas se acalmassem para começar o serviço.

Logo de cara percebi que a operação seria mais dura do que eu previra. Não sei se Érostrate tinha razão quando dizia que não era um trabalho para intelectual, mas com toda a certeza não era um trabalho para mim. Primeiro, precisava abrir o capô. Em geral eu deixava isso por conta do frentista. Procurei em meio ao monte de botões e alavancas que enfeitavam o painel aquele que correspondia à função desejada. Depois de várias tentativas, ouvi um clique avisando que eu conseguira abrir o capô. Nem por isso estava tudo resolvido. No emaranhado de pistons, hastes, tubos, cilindros, motor, turbinas e outras peças brilhando de graxa, levei certo tempo para encontrar a bateria arriada. Estava coberta de calcário e, óbvio, instalada do outro lado do motor, o que me obrigava a transportar a bateria nova pela rua. Mas os carros estavam estacionados tão juntos que, sem poder passar entre eles, tive que dar uma volta até a rua Bochart-de-Saron, no outro extremo da avenida. Se quisesse agravar minha dor de cabeça, não poderia fazer nada melhor. Quando pus a bateria na frente do Volvo, do lado do asfalto, meu crânio estava fervendo. Como desgraça chama desgraça, o braço que Max tinha torcido recomeçou a doer muito. Fiz nova pausa antes de iniciar o trabalho. Mas, ou porque as porcas estavam aparafusadas demais, ou porque o frio endurecia a cabeça dos parafusos, ou ainda porque eu rodava a chave inglesa no sentido errado — não descobri o sentido certo —, o fato é que não consegui desaparafusar nada. Fechei de novo o capô e resolvi chamar um mecânico. Mas nenhuma oficina abria antes das duas da tarde; era melhor, enquanto isso, levar a bateria para casa, tomar um calmante e ir comer alguma coisa no Jean Bart.

Estava apinhado de gente quando entrei. A partir do meio-dia, a sala ficava reservada para os fregueses que iam almoçar. Os últimos que chegavam, esperavam no balcão até que houvesse mesas livres. Quis ir até lá, mas a afluência era tamanha que foi impossível. Em desespero de causa, já ia embora quando alguém gritou:

— Por aqui, chefe, tem um lugar!

Surpreso, virei-me e vi, empoleirado num banquinho, com um copo de rum na mão, Érostrate me fazendo sinais. Com a sua fantasia vermelha, era impossível não notá-lo. Algumas pessoas se afastaram para me deixar passar, por isso me senti obrigado a ir ao seu encontro. Por causa do amontoado de gente, fiquei praticamente grudado nele. Seu hálito fedia a bebida tanto quanto na véspera. Parecia mais moço do que eu julgara, mas não tinha nada de atraente. Seus traços muito grosseiros lembravam os de Michel Simon, com a diferença de que não expressavam nem o humor nem a impertinência que fizeram o charme do ator apesar de sua feiúra.

— Então o senhor acabou comprando uma bateria nova — disse. — Eu o vi na avenida, estava complicado trocá-la. Não é trabalho para intelectual, já lhe disse.

— Se estou entendendo bem, você estava me vigiando — respondi, na defensiva.

— Não vamos exagerar. O senhor estava na avenida e eu o vi, só isso. Aliás, não fui só eu. — Apontou-me o mundo de gente que esperava diante do balcão. — Tem gente que fez apostas. Apostei que o senhor não ia saber trocar a bateria e ganhei meu anticongelante. Sabe, não há grande mérito nisso, pois eu devia ser o único a saber que o senhor é um intelectual psicanalista.

— E como é que ficou sabendo disso?

Nunca tinha lhe feito essa pergunta antes, sempre com pressa de fugir quando o encontrava.

Ele deu de ombros.

— Elementar, meu caro Watson, basta ver as pessoas que entram no seu prédio. Têm um jeito que não engana. Conheço isso, eu mesmo estive na psiquiatria durante anos. Tenho um faro imediato para os pacientes: eles têm cara de quem vai pular no vazio ou abrir o gás, está entendendo, não? Costumam vir de tarde, não é? O senhor é bem certinho: sempre o mesmo dia, sempre a mesma hora. Salvo ontem, quando os deixou esperando. Ficaram com uma cara totalmente perdida. Não lembrei de lhe dizer isso quando o vi de noite. Devem ser mesmo uns viciados! Apesar do frio, ficaram esperando do lado de fora, passando a senha um para o outro: "O doutor não está". Tinha uma gorduchinha arrasada. "Tenho que falar com o doutor, é grave", ela ficou dizendo aos prantos. Ainda bem que um sujeito grandão, meio seco, cara de alto executivo, deu-lhe um lenço, sei lá o que foi que lhe disse, mas parece que ela sossegou.

Com certeza se referia à professora de matemática e ao Ejaculador Precoce. Enquanto esperavam, eu estava com Chapireau. Érostrate sabia também disso? Pelo visto, estava sempre lá quando menos se esperava e, sobretudo, quando não devia. Só de pensar que poderia desconfiar do destino de Olga senti um mal-estar, como toda vez que o encontrava. De novo me perguntei se ele é que teria pago as multas do Lancia. Mas não sabia como lhe fazer essa pergunta sem despertar — ou confirmar? — suas suspeitas. Assim, achei melhor não precipitar nada, deixar chegar a hora e, para isso, deixar que a conversa fluísse.

O dono do bar anunciou que acabavam de vagar algumas mesas. Houve um movimento para a sala e o balcão se esvaziou um pouco, aproveitei para pedir um sanduíche com um café e outro rum para o meu vizinho.

— À sua — disse ele, esvaziando o copo de um só gole.

— O que é que você fazia na psiquiatria?

Enxugou a boca com o reverso da manga.

— Estava lá como esquizofrênico, por causa da Loto.

— Da Loto?

— Isso mesmo, sou uma vítima da Loto. Talvez o senhor não saiba, mas houve estudos sobre os ganhadores da Loto. Quer dizer, os grandes ganhadores. E, acredite se quiser, para eles, ganhar na Loto não é necessariamente uma felicidade. Pagam caro pelo dinheiro que ganharam. Foi o meu caso. Ganhei vinte milhões de francos... dois bilhões de centavos... acertando seis números, nada menos! Fiquei rico da noite para o dia. Milionário, sem levantar nem um dedinho. Ainda mais que aquele bilhete eu tinha encontrado na rua. Na época, estava longe de ser um nababo. Trabalhava na inspetoria de educação, cuidando da parte administrativa dos professores. Na DPE 12, Divisão do Pessoal de Ensino, ou um troço desses. A gente tomava conta dos salários deles e das nomeações em Paris. Não precisava quebrar muito a cabeça, quando tinha uma vaga em algum lugar a gente despachava para lá o primeiro que aparecesse, depois de mandá-lo preencher toneladas de formulários administrativos, e o salário dele era transferido, meio devagar, mas acabava chegando. Uma moleza, sabe, um trabalho que eu podia ter conservado se não tivesse toda aquela grana da Loto. O pessoal com quem eu trabalhava era gente boa, meio medrosa, mas simpáticos, orgulhosos de pertencer à DPE 12, a melhor de Paris!, com noção de serviço público e tudo. Mas a grande obsessão deles era a aposentadoria e a saúde. A saúde sobretudo. Era uma loucura o tempo que passavam doentes. Uns hipocondríacos de primeira. Sempre se tratando de alguma coisa. O essencial para eles era se desentupir. Eles se assoavam, cuspiam, espirravam, mijavam, faziam cocô... de preferência num vidrinho, por causa dos exames de urina e de fezes. Chamavam isso de "fazer uma troca de óleo"... eles se comparavam com os carros que iam para a revisão..., achavam que fazia bem, que limpava as tubulações e os intestinos, e que descomprimia a próstata. Eu gostava à beça daquele ambiente, era meio coisa de velho, é verdade, mas era divertido. Mas por culpa da Loto saí de lá.

— Pediu demissão?

— Não, aí é que está. Tinham me aconselhado a pedir, para ir viver de rendas, mas não dei ouvidos. Bancar o rico, nos cruzeiros e nos hotéis de luxo, Carlton em Cannes, Négresco em Nice, ou nos grandes restaurantes, tipo Chez Maxim's, com garçons de gravata-borboleta, não é do meu feitio. Mesmo com dinheiro, eu não era um rico de verdade. Quando a gente é funcionário, não se recupera. Na repartição eu me sentia em casa. Além disso, com o meu dinheiro da Loto, eles me respeitavam. Alguns eram meio invejosos, mas não me incomodavam muito. De um modo geral, eu era uma estrela. Antes nem me viam, mas o chefe de serviço, desde que ficou sabendo que numa noite eu podia gastar o que ele ganhava num ano, ficou diferente. Com isso, um homem se impõe, sabe. Ele gostava muito de mim. Interessava-se por mim, falava dele, de suas complicações na vesícula, da mulher, com quem as coisas não andavam muito bem, dos filhos, que levavam a escola na flauta, uns até tinham ficha na polícia. No fundo, não era um homem feliz. Acho que bem que gostaria que eu lhe emprestasse um pouco de dinheiro para pagar os seus empréstimos, mas não se atrevia a pedir e eu não me atrevia a oferecer. Era meu chefe, eu não queria que pensasse que estava lhe faltando ao respeito. Seja como for, por causa dele eu me dei mal. Ele me deixava fazer tudo o que eu queria. Eu logo, logo achei que podia fazer tudo. Um pouco como se o dinheiro tivesse me subido à cabeça. Trabalhava quando queria, ele fechava os olhos. Fechou tanto que não viu mais nada. Eu jogava no lixo os processos que não tinha vontade de estudar, ele fingia não perceber. Isso nos dá uma sensação de poder danada, quando os superiores não têm coragem de nos contrariar. Aí, comecei a levar os processos para casa. Tinha comprado um apartamento com uma lareira imensa, precisava de papel para fazer fogo. Os processos dos professores e dos funcionários do ensino eram perfeitos. Queimavam cada vez mais. Via-os se torcendo nas chamas, o que era a prova de que eu era rico e que vivia bem sem ir para o Carlton nem para o Négresco. É claro que isso criou uma bagunça desgraçada na repartição. Mais ainda quando os colegas quiseram me imitar. Também quiseram se livrar dos processos que davam uma trabalheira danada para eles. Na verdade, era eu que fazia o serviço, eles me davam as pastas para queimar porque eu estava nas boas graças do chefe e porque achavam que assim era mais prudente. Portanto, graças a mim podiam se dedicar mais aos médicos, aos exames, ao preenchimento dos formulários do plano de saúde, aos remédios que tinham que comprar e a outras coisas do gênero. Eu não sabia dizer não, motivo por que caí até nas boas graças dos invejosos. Logo, logo a coisa passou a ser feita em grande escala. A gente não tratava de mais nenhum processo. Iam direto para a lareira. O chato é que os professores e os funcionários do ensino deixaram de receber. Começaram a reclamar, a fazer uns requerimentos e umas passeatas. E o escândalo que isso provocou? Os jornais começaram a explorar o caso. No *Le Monde*, que não é um jornalzinho qualquer, até deram manchete: O FUZUÊ DA RUA CURIAL.* A DPE 12 era lá, na época, agora foi transferida para um prédio tipo cofre-forte, no XXe *arrondissement*. Para mim, era a glória; pensei em Eróstrato, o cara que destruiu o templo de Ártemis. Ele só é lembrado por causa disso. Foi um colega que me contou a história. Compreendi que fazia igual e gostei do nome. Ele tinha queimado uma das sete maravilhas do mundo, eu estava queimando a DPE 12, queimava as tripas dela, tudo o que tinha na barriga. Quando penso nisso tudo, acho que no fundo fazia como os colegas com a saúde, também desentupia de dentro para fora.

Eu o escutava, perplexo. Seria tão louco quanto Max Montignac? Louco de outra loucura, mas louco mesmo assim. Eu tinha lido no *Le Monde* a reportagem em questão. Datava de muitos anos. Será que ele também tinha lido e estava inventando com base no jornal? Será que

(*) *Le Monde* de 16 de abril de 1992.

estava zombando de mim? Não creio. Como Max, devia tentar, afogando-me em histórias alucinantes, levar-me aonde queria, talvez a Olga e ao que sabia do caso dela comigo.

Antes de continuar o relato, pediu outro rum.

— Claro, acabaram descobrindo que eu era a causa de tudo e me mandaram embora. O chefe não pôde fazer nada por mim. Aliás, nem tentou. Foi transferido para outro setor, ao passo que eu fui julgado pelo tribunal administrativo. Lá, não davam a menor bola para o fato de eu ter mais dinheiro que eles. Puseram-me no olho da rua sumariamente. Sem indenização, sem aposentadoria, sem nada. Que nem a Papai-Noelaria, ontem, mas mais grave. A coisa podia ter parado por aí, mas a sorte estava contra mim. — Examinou o copo que acabavam de lhe servir, e em seguida: — Depois da minha demissão, não sabia o que fazer. Ficava zanzando pela casa, com essa idéia de Eróstrato me martelando na cabeça. Parar tudo quando eu estava no bom caminho era uma coisa que tinha ficado atravessada na minha garganta. Precisava ressuscitar Eróstrato, mas não sabia como. Um dia, estava assistindo televisão, e o que vejo? Um cara queimando uma nota de quinhentos francos. Assim! Estava falando com um jornalista e, de repente, tirou a nota do bolso e tacou fogo. Fiquei besta! Quinhentos francos, tem que se reconhecer que essa nota é imponente! Mais que um processo de professor ou de funcionários da Educação. Foi uma revelação. Taí, era essa a grande missão de Eróstrato! Logo corri ao banco. Por causa do apartamento com a lareira e as despesas diversas, só me sobravam quinze milhões na conta. Pedi para sacá-los. Primeiro, torceram o nariz. Quiseram saber as razões. Eu estava com problemas? Não gostava mais do banco? Queria mudar? Até pensaram num seqüestro na minha família ou numa chantagem. Uma chantagem, que idéia! Propuseram-me avisar a polícia e sei lá mais o quê. Não me deixei intimidar por aqueles caras... eu era mais rico que eles..., exigi meu dinheiro e uma semana depois, tempo necessário para juntar a grana, recebi os quinze milhões em notas de quinhentos novinhas, prontas-para-queimar. Mandei que as levassem até minha casa e passei noites formidáveis me aquecendo com maços de cinco mil que jogava na lareira com a maior displicência. Que nem um nobre que fosse meio friorento.

A essa altura da história, parou e contemplou mais uma vez o copo, em que, ao contrário dos anteriores, ainda não tocara. Sorria. Felicidade de mitômano ou de perverso? Talvez porque tivesse acabado de falar em chantagem, veio-me a idéia de que estava preparando o terreno. Por mais delirante que fosse, essa história de milhões ganhos na Loto e queimados podia ser um modo de me comunicar que precisava de material para acender sua lareira.

Como para confirmar essa hipótese, mostrou-me pela vidraça do bar que a neve recomeçara a cair.

— Pena que eu não tenha mais nada, o tempo está realmente perfeito para se acender a lareira. — Nisso, levou o copo de rum à boca e lhe deu o mesmo destino dos outros. — Infelizmente — disse —, isso não durou. Uma noite, dois inspetores apareceram lá em casa. Era o banco que tinha avisado a polícia. Parece que é obrigatório quando a gente saca uma quantia muito grande. Vendo o dinheiro espalhado no chão, e, pior ainda, que eu me servia dele para alimentar a lareira, os inspetores quase tiveram um ataque. Passaram-me as algemas como se eu fosse um bandido e me arrastaram para a delegacia. De lá me despacharam para um hospital psiquiátrico, onde acharam que eu era esquizofrênico. Os processos dos professores e dos funcionários da Educação, isso ainda passava, mas queimar milhões era grave. Se tivesse torrado num cassino, como os ricos, não teriam dito nada, mas numa lareira eu não tinha direito. Mesmo se o dinheiro é seu, ele continua a ser propriedade do Estado. Passei quatro anos no hospital. Mas não tenho do que me queixar, trataram-me muito bem. Pensei nos colegas da DPE 12 e cuidei da minha saúde. No fundo, tinham razão, pode ser bem interessante, a saúde. Levei o tratamento muito a sério. Tinha direito a um coquetel de Lexotan, Mogadon e Haldol, de manhã e de noite, e a uma psicoterapia, uma vez por semana, com um interno muito humano. Ele compreendeu que eu era uma reencarnação de Eróstrato. Resolvi conservar esse nome... combina comigo. Foi isso a minha psiquiatria. Fazia um tempão que queria lhe contar, porque o senhor é um profissional da minha doença. Lá no hospital ficaram contentes comigo. Eles me soltaram não faz muito tempo. Puseram-me sob curatela reforçada, arrumaram-me um quarto-e-sala perto da Porta de Saint-Ouen, numa ZRU.

— Uma o quê?

— Uma ZRU, Zona de Redinamização Urbana. Um bairro difícil, onde a gente vive na insegurança. Não é ruim. Em compensação, a curatela reforçada é dura. Meu curador administra o dinheiro que não tive tempo de queimar, só que ele não é compreensivo. Tem tanto medo que eu queime as notas que só me dá moedas, e não muitas. Às vezes fico mal por não poder jogá-las na minha lareira. Não tem importância. A moral dessa história é que ganhar na Loto não traz necessariamente a felicidade. Está confirmado por uma pesquisa sociológica.

Suspirou, exibindo um semblante que supostamente seria muito significativo do infortúnio dele. Por mais delirantes que fossem as suas histórias, fiquei convencido de que ele estava armando uma chantagem em torno da morte de Olga. Abordávamos provavelmente a fase mais delicada, em que me proporia seu silêncio em troca de um combustível substancial.

Mostrou-me os copos de rum em cima do balcão.

— Ainda bem que tem o anticongelante para me levantar o moral. E, além disso, gente mais compreensiva do que o meu curador. A sua faxineira, por exemplo, quando expliquei a ela o meu caso, topou me trocar quarenta moedas de cinco francos por duas notas de cem francos, mas o que é que eu vou fazer com isso?

Seria sobre isso que conversava com Mai-Li na noite em que os flagrei da janela? Tive vontade de perguntar, mas ao mesmo tempo comecei a achá-lo insuportável. Se queria dinheiro, que dissesse abertamente em vez de ficar dando voltas. Olhando ao redor, percebi que sobráramos só nós dois no balcão. Eu não estava me sentindo muito bem. A dor de cabeça escondida num canto do meu crânio estava despertando, precisava ligar para o mecânico e os primeiros pacientes da tarde não iam demorar.

— Desculpe — disse a Érostrate, descendo do banquinho —, tenho que ir embora.

Mas ele me segurou pela manga.

— Quanto à bateria — disse —, o senhor não vai se virar sozinho. Não precisa ser psicanalista para ver que mecânica não é o seu forte. O Volvo é um carrão. Tem que se entender do assunto. Eu posso trocar, sei como é que se faz. Basta me dar a chave do seu carro.

Lancei-lhe um olhar desconfiado.

— Por que quer a chave do meu carro?

— Porque tenho que abrir o capô e verificar se ele pega depois que eu tiver trocado a bateria.

Era óbvio. No entanto, longe de me tranqüilizar, esse argumento aumentou minha desconfiança. O que queria exatamente? Verificar se o carro pegaria ou se Olga estava no porta-malas? Estranhamente, não houve nenhuma referência a ela durante toda aquela conversa. No entanto, com toda a certeza ele vira a foto dela nos jornais. Devia-se interpretar tal silêncio como uma ameaça ou um sinal de desinteresse? Eu não conseguia chegar a uma conclusão.

— Não se preocupe — acrescentou —, vou cuidar da bateria; quanto ao que tem dentro do carro, não tenho nada a ver com isso.

Dessa vez, não tive mais dúvida, obviamente estava tramando alguma coisa. Mas sua conversa cheia de subentendidos começava a me irritar. Impossível ter qualquer certeza com aquele sujeito. Ele realmente abordara Mai-Li para trocar seu dinheiro, realmente queria me ajudar a trocar a bateria? Pensando bem, a melhor maneira de saber era aceitar sua oferta. De toda forma, ele se viraria melhor que eu. E além do mais, se eu estivesse ali para vigiá-lo, que risco corria? Afinal, ele não ia abrir o porta-malas na minha presença nem me forçar a abri-lo.

— Combinado — respondi —, a gente se encontra na frente do carro às oito da noite. Levarei a bateria e todo o material necessário. Você poderá trabalhar tranqüilamente. Vou lhe dar uma mãozinha, se necessário. Está bem?

— Sem problema, chefe — disse, levando um dedo ao capuz de Papai Noel —, conte comigo.

Despedi-me.

Ao chegar em casa, encontrei a correspondência costumeira. Propagandas, propostas de assinatura de revistas de psicanálise, contas, uma carta do Tesouro Público, outra da Ordem dos Médicos me lembrando que eu ainda não tinha pago a anuidade. Na secretária eletrônica, havia uma mensagem de Florence. "Chicago é uma cidade maravilhosa. As pessoas são uns amores e os analistas tão bobalhões quanto os nossos. Vai tudo bem. Volto na próxima segunda-feira, podemos jantar quarta no Café Capucines, como de costume. Até lá, desejo-lhe um bom fim de semana com Mathieu", ela dizia.

Eram três da tarde. Não tinha me dado conta de que ficara tanto tempo com Érostrate. Nenhum ruído de aspirador vinha da sala. Mai-Li não tinha vindo, talvez por causa de seu depoimento. Será que eu teria que sair à cata de uma nova faxineira? Mas ainda não tinha chegado a hora, outros problemas mais urgentes me esperavam.

Uma aspirina conseguiu acalmar a dor de cabeça e a do braço. Fui para o consultório. O cheiro da véspera tinha quase desaparecido. Por medida de segurança, borrifei o divã com um purificador de ambiente. Agora estava tudo arrumado para receber os analisandos.

Foi quando uma estranha angústia me apertou. Uma angústia cuja origem não consegui explicar. Achei que tinha esquecido algo importante, mas era impossível lembrar o quê.

Não pensei mais nisso porque o primeiro paciente tocou a campainha.

Sexta-feira era um dos dias mais carregados. Como muitos de meus colegas, tinha inúmeros universitários entre os pacientes.

Por um curioso acaso, eles formavam nesse dia a maioria da minha clientela. Quase sempre muito por dentro da psicanálise, costumavam confundir divã com cátedra de ensino, associações de idéias com confrontações de idéias. Preocupados em brilhar, só se permitiam associações de alto nível. Ao escutá-los, seus impasses amorosos, suas angústias diante da vida, seus terrores de infância só podiam ser compreendidos em relação a esta ou aquela problemática de Aristóteles ou de Platão temperada com uma pitada de Freud ou de Lacan. Por pouco não me indicavam uma bibliografia antes de ir embora. Eu cruzava com alguns deles em Paris-VIII, quando ia dar aula naquela universidade. Era nesse momento que tomavam consciência de quem eu era e do que vinham fazer no meu consultório. Pareciam horrorizados ao me ver e recorriam a toda espécie de subterfúgio para me evitar, dando abruptamente meia-volta num corredor, fazendo cara de ter esquecido um livro em algum lugar, absortos em reflexões que os dispensavam de me ver, ou me gratificavam, se não tinham outro jeito, com um cumprimento discreto que lembrava a atitude dos pacientes na sala de espera. Alguns dias depois, no divã, eu era brindado com uma exposição entremeada de desculpas sobre o choque que lhes causara a minha presença num local onde não esperavam me encontrar.

Era o caso daquele paciente, professor de lingüística, que ainda não se refizera de ter ficado ao meu lado, na semana anterior, nos mictórios da faculdade. Via nisso um desses efeitos-surpresas tão típicos da commedia dell'arte e que Freud teorizara em *O chiste e sua relação com o inconsciente*, ao passo que, de minha parte, eu atribuía o constrangimento à descoberta de que, por mais analista que eu fosse, acontecia-me esvaziar a bexiga. Pouco antes dele, o especialista em filologia germânica se lançara numa comparação entre o seu sofrimento e o do jovem Werther, de Goethe, e por isso mesmo eu não desejava repetir a experiência de um encontro num mictório. Sem lhe dar tempo de replicar coisa alguma, terminei a sessão observando que nunca achávamos óbvio o fato de nossos pais terem um sexo, e mandei entrar o paciente seguinte.

Agora eram quase sete da noite. Durante a tarde toda eu não parei. Dali a uma hora encontraria Érostrate na frente do Volvo, ele trocaria a bateria e depois eu é que daria as cartas. Com um pouco de sorte, encerraria essa história que me envenenava. Depois... depois, veríamos. Mas até lá ainda tinha que receber o Ejaculador Precoce.

Fiel a seu hábito, chegou na hora. Achei-o inquieto e tenso. Deitou-se no divã, ficou uns minutos sem dizer nada, depois tirou do bolso um jornal e me estendeu. Um daqueles que eu tinha lido de manhã. Na primeira página havia uma foto de Olga.

— Veja só! Ela matou o marido! — disse. — Foi ontem à noite que eu soube da notícia. Entendi então por que o senhor não estava aqui. Era por causa dela. Talvez a polícia o tivesse convocado. Custou-me acreditar que ela tivesse feito isso. Uma mulher de tanta classe! Mas tive que aceitar. Li toda a imprensa, escutei todos os noticiários, no rádio, na televisão. Não há dúvida, é uma assassina. Que coisa! Eu não sabia que era casada, que se chamava Olga Montignac. Era um lindo nome. Agora, é um nome de assassina. O marido era um vigarista, volta e meia falavam dele na imprensa, mas como é que eu podia ligar uma coisa à outra? Que fazia uma mulher tão fina com um cara desses? Será que o matou por motivos passionais? Como se essas criaturas tivessem sentimentos! Quando a gente se junta com um vigarista, só pode ser por bestialidade. Matou porque ele gozava depressa demais, porque não lhe dava tempo, não lhe dava chance. Não há outra razão. É por isso que as mulheres não apreciam os homens. Sei direitinho do que estou falando. Mulheres que fazem a gente pagar dessa forma pela frustração que sentem, tem aos montes. O prazer em troca de três tiros no peito! É nisso que acreditam!

Era uma apresentação no mínimo singular de Olga. Nem por isso a achei totalmente falsa.

— Quando penso que perdi sessões por causa dela — continuou. — E eu chamava isso de presente secreto. Ah, como era ingênuo! Mas o pior... O pior é que continuei a lhe dar presentes desse tipo. O senhor vai achar graça, doutor, considerar-me ridículo, mas era mais forte que eu. Quem sabe se não era esse lado canalha, do qual eu nem desconfiava, que me atraía? O ser humano é tão estranho. Aliás, é por isso que me deito neste divã. O fato é que, depois da sessão da última terça-feira, voltei para cá. O carro dela ainda estava lá e pensei que ela estivesse aqui, então esperei na rua. Imaginei que a veria quando ela saísse. Fiquei esperando até muito tarde...

Meu coração disparou. Não ia me dizer que tinha me visto esconder Olga no porta-malas do Volvo!

— Mas ela não saía. E fiquei lá, esperando, e não entendia o que o Lancia estava fazendo ali, já que obviamente ela não estava com o senhor. Rodeei o carro, para mim era um jeito de me aproximar, de não perder o contato com ela. Sei que é uma idiotice, mas que se há de fazer, a gente não manda nos nossos sentimentos! Foi assim que percebi que havia um monte de multas presas no limpador do pára-brisa. Então, pensei que o presente mais lindo que poderia lhe dar... era pagar as multas.

— Quê?

O grito me escapou. Em nenhum momento eu teria pensado no Ejaculador Precoce. Por causa dele, de seus amores ridículos, Chapireau me considerou um suspeito. E eu, que fiquei me perguntando se não teria pago aquelas multas numa espécie de estado alucinatório!

Virou-se para mim com um sorrisinho acanhado.

— Compreendo a sua reação. Acha que eu sou bobo, não é? Foi o que pensei ao saber quem ela era. Mas como poderia desconfiar de uma atrocidade dessas? Simplesmente vi aquele monte de multas e quis lhe dar o mesmo presente discreto que lhe dava com minhas sessões. A meu favor pesa o fato de que isso não me custou praticamente nada... menos do que faltar a uma sessão..., pois tenho dinheiro de sobra para me permitir essas coisas.

Eu tinha escutado o suficiente por hoje.

— Bem, cavalheiro — disse, levantando-me.

Ele fez o mesmo, pagou o que me devia e saiu do consultório com o mesmo ar tenso de quando chegara. Tive a impressão de que queria acrescentar alguma coisa, mas ficaria para a próxima vez.

Foi só quando a porta se fechou que percebi que tinha esquecido de cumprimentá-lo.

A hora de meu encontro com Érostrate estava chegando. Apanhei o material necessário, a bateria, é claro, uma chave inglesa regulável e uma lanterna. Para o resto das operações, as que me diziam respeito, peguei uma capa de edredom no armário. Depois coloquei tudo isso no bar da sala, junto com o mantô e a bolsa de Olga. A barra de ferro já estava no carro. Estava tudo pronto, Érostrate teria apenas que fazer seu serviço.

De repente, ouvi um barulho de lataria na avenida. Surpreso, corri à janela e o que vi me apavorou. O Ejaculador Precoce estacionara o carro atrás do meu. No seu nervosismo, acelerou brutalmente e, derrapando no gelo, entrou na traseira do Volvo. Com a batida, o porta-malas ficou entreaberto. Diante desse espetáculo senti o sangue gelar. O Ejaculador Precoce sabia que aquele carro era meu? Não tinha a menor idéia. Avistei-o saindo às pressas do seu Rover para verificar os estragos. Por instantes ele forçou a porta do porta-malas. Se conseguisse abri-la toda, eu estava perdido. Apesar da noite e da neve que recomeçara a cair, eu já não tinha muita certeza de que Olga estivesse protegida dos olhares. Além disso, não conseguia lembrar se tinha jogado a manta em cima ou ao lado dela. Neste caso, em pouquíssimo tempo ele a veria.

Alertados pelo barulho, fregueses do Jean Bart saíram para ver o que tinha acontecido. Érostrate não estava com eles. Em todo caso, não vi ninguém vestido de Papai Noel. Cercaram o Volvo, tentando cada um mexer na porta batida. Será que não era melhor descer e mandá-los parar com aquilo? Mas e se nesse meio tempo descobrissem Olga? Não me atrevi a pensar no que aconteceria, e fiquei grudado, impotente, na janela.

Embaixo, comentavam a batida, faziam piadinhas — as risadas eram insuportáveis —, examinavam, com ar de conhecedores, a dimensão dos estragos, o Ejaculador Precoce escrevia um bilhete num cartão de visita, provavelmente o seu endereço para a papelada do sinistro a ser encaminhada à seguradora. Enquanto isso, um cadáver descansava ao lado deles, como era possível que não percebessem?

Mas aquilo não ia durar, eu tinha certeza. A qualquer momento esperava ouvir o grito de horror que anunciaria a descoberta macabra.

Mais uma vez pensei em descer.

Foi quando a campainha tocou.

7

Que não fosse Érostrate! Eu tinha lhe dito que esperasse embaixo. Seria um dos curiosos aglutinados em frente ao carro? Alguém devia saber que ele era meu.

Depois de rápida hesitação, resolvi abrir.

Não pude reprimir um gesto de surpresa. Quem tinha tocado a campainha não era Érostrate nem uma das testemunhas da batida.

— David Grossmann! — exclamei. — O que é que você está fazendo aqui?

David me olhou com um ar um pouco abestalhado, visivelmente sem jeito diante daquela recepção.

— Desculpe — disse num tom que traía seu constrangimento —, estou um pouco adiantado, preferi sair mais cedo. A gente anda muito devagar por causa da neve... os outros não vão demorar.

— Os outros! Que outros?

Depois dessa pergunta, ele pareceu definitivamente perplexo. Ficou todo vermelho e olhou ao redor, como se procurasse um lugar por onde fugir.

— Jean-Claude e Christiane — balbuciou —, o grupo... Hoje é sexta-feira, não é?... A não ser que você tenha desmarcado... mas teria avisado, não?

A coisa me veio de repente. Era isso que eu tinha esquecido, as mensagens na secretária eletrônica, os colegas confirmando a participação no grupo, sexta-feira, óbvio, a terceira sexta-feira do mês. E eu, que não tinha desmarcado! Realmente, para complicar a minha vida eu era imbatível.

A dor de cabeça, quieta fazia várias horas, partiu para um violento ataque. David Grossmann esperava no patamar, os outros dois iam chegar a qualquer momento, precisava fazer alguma coisa.

— Entre — disse a Grossmann, afastando-me para ele passar.

Entrou na sala na ponta dos pés. Em certos aspectos me lembrava o Ejaculador Precoce. O mesmo jeito de aspargo que cresceu torto, o mesmo modo de arrastar sua dificuldade de viver e, com certeza, as mesmas angústias com as mulheres. Por isso fazia análise, mas não sabíamos se chegaria a ter alta e, mais que isso, se com essa análise poderia, como esperava, passar do divã à poltrona. Tínhamos sérias dúvidas. No entanto, David Grossmann era um psiquiatra muito respeitável, e provavelmente um dos melhores teóricos do Círculo Freudiano. Especialista em destrinchar as propostas mais absconsas de Lacan, mas um horror no plano relacional, gaguejando sempre que alguém lhe dirigia a palavra, ou tendo explosões de raiva se o interlocutor não concordasse com as suas opiniões, uma raiva fria e mais implacável ainda justamente por ter ficado muito tempo contida. O introvertido por excelência, que tinha uma sólida fama de intransigência e que criara um bocado de inimigos.

David ficou plantado no meio da sala, mas não me preocupei em deixá-lo à vontade.

— Já volto — disse-lhe.

Fui correndo até a janela. Os curiosos continuavam grudados no meu carro. O Ejaculador Precoce entrara no Rover e tentava ligá-lo. Dali a pouco ia amassar de novo meu porta-malas! Alguns tolos tinham aparecido para ajudá-lo, indicando-lhe com gestos amplos as manobras a fazer. Mas o Rover não dava a menor bola. O motor mugia enquanto as rodas patinavam no gelo. Cercando o carro, todos queriam ser úteis, berravam e gesticulavam, cada um pretendendo dar o melhor conselho. Do terceiro andar, iluminado apenas pelo clarão dos postes que criavam como que buracos na noite, o espetáculo parecia grandioso e trágico. Depois de muito esforço e muitas guinadas, o Ejaculador conseguiu recuar. Parecia que estava tomando impulso para entrar na traseira do Volvo. Dessa vez, o porta-malas não resistiria. Aquilo me fez pensar numa tourada no momento da morte do touro.

De repente, todos se calaram, o motor do Rover recomeçou a roncar. O Ejaculador Precoce devia ter engatado a primeira e acelerava com força para vencer a camada de gelo. Exatamente o contrário do que precisava fazer, visto que, em matéria de controle das acelerações, o Ejaculador não era craque! Desde que tinha começado sua análise eu sabia alguma coisa sobre o assunto.

Atrás de mim senti a respiração de Grossmann. Tinha ido ver o que me atraía na janela e também parecia seduzido pelo espetáculo.

— O Volvo está ferrado — murmurou.

Nesse momento a campainha tocou, anunciando a chegada dos outros dois participantes do grupo.

Grossmann se ofereceu para abrir, mas mal prestei atenção no que dizia. De repente, embaixo, alguém teve uma idéia. O Ejaculador Precoce parou suas acelerações inúteis, uns sujeitos fortões ficaram de cada lado do carro e, levantando-o aos gritos, embicaram-no para a rua. Dois ou três deles escorregaram no gelo, mas o Rover ficou na posição certa, podia-se dar a partida sem se arriscar a bater em outro carro. O que o Ejaculador fez, sob os aplausos e os vivas irônicos dos espectadores.

Dei um suspiro de alívio. A representação tinha terminado. Os últimos curiosos se dispersaram na noite, meio de má vontade, ou voltaram para o Jean Bart. Um deles tentou mais uma vez mexer na porta do porta-malas, mas ela resistiu e ele não insistiu mais.

Atrás de mim alguém pigarreou, constrangido. Christiane Lévêque e Jean-Claude Charvet me observavam intrigados. Um pouco distante, Grossmann continuava com seu jeito preocupado.

Achei o clima tenso. O que em geral não ocorria. Mesmo sendo de estudos, nossas reuniões eram a oportunidade de um encontro amigável entre colegas preocupados com as mesmas questões. Quando acabavam os assuntos teóricos ou clínicos que ocupavam boa parte da noite, comentávamos as fofocas que circulavam no mundo restrito da psicanálise, muito em especial do Círculo Freudiano. Até Grossmann esquecia sua reserva e se soltava em saborosos comentários sobre este ou aquele colega. De meu lado, eu apreciava muito essas noitadas. Eram a ocasião de encontrar pessoas por quem sentia estima e afeto: David Grossmann, apesar de seu acanhamento, mas também Christiane Lévêque, cuja corpulência e franqueza no falar lembravam Françoise Dolto, e, sobretudo, Jean-Claude Charvet, em quem eu apreciava a delicadeza e o senso de humor. Com seu jeito de quem não quer nada, ele era com certeza aquele de nós que tinha mais base para se proclamar analista.

Mas naquela noite eles não eram bem-vindos.

— Vocês estão com uma cara! — exclamou Christiane Lévêque, dirigindo-se a Grossmann e a mim —, parece que estão vindo de um enterro.

— Está tudo bem — respondi num tom meio forçado. — Tive um dia difícil, mas não se preocupe, agora está tudo bem. Sentem-se, vou trazer as bebidas, e vamos começar.

Falava sem convicção, mas fingiram não notar — Charvet cravou um olhar espantado no material encostado no bar, mas não fez nenhum comentário. Tiraram os casacos, calados, e os guardaram no armário da entrada.

De meu lado, peguei todas as bebidas que achei na geladeira. Em geral, os salgadinhos e os drinques já estavam preparados para recebê-los. Naquela noite, precisei improvisar com o que tinha. No meu nervosismo, deixei escorregar uma garrafa de suco que se espatifou em mil pedaços na mesa de centro onde Grossmann pusera suas notas e inundou o carpete.

— Bingo! — exclamou Christiane Lévêque, e correu até a cozinha para pegar um pano de chão e uma vassourinha.

Junto com Charvet, começou a enxugar o carpete e a recolher os cacos de vidro, enquanto Grossmann limpava as folhas de seu texto respingadas de suco de laranja. Aproveitei para dar uma olhada pela janela. Aquela porta entreaberta me preocupava. Se alguém tivesse a idéia de remexer no porta-malas, seria uma catástrofe. Sem falar que Érostrate podia chegar a qualquer momento. Eram oito e meia, e procurei imaginar o que é que ele estaria aprontando. O melhor seria descer, pelo menos para tentar fechar o porta-malas, mas não tive coragem de abandonar meus convidados.

Em pouco tempo estava tudo limpo.

— Vamos lá! — gritou Charvet, olhando para mim.

Fui para a sala. Sentado no sofá, Grossmann se preparava para falar sobre os nós borromeanos. Para isso, tinha arrumado na mesa de centro três rodinhas de barbante, entrecruzadas de tal maneira que, se uma se desfizesse, as outras duas logo se desfariam. Essas rodinhas, na concepção lacaniana da psicanálise, representavam o real, o simbólico e o imaginário, e o vínculo borromeano, a natureza da relação entre eles. Jean-Claude Charvet acendera um cigarro para se sentir mais à vontade, enquanto Christiane Lévêque tomava notas. Havia pedacinhos de barbante sobre seus joelhos para reproduzir as operações que Grossmann glosava com certo brio. A cena lembrava uma sala de aula do maternal onde se faziam atividades de estímulo ao intelecto.

Aquilo logo me cansou. O destino desses nós era a última das minhas preocupações. O que me importava de fato era o porta-malas e a bateria do Volvo. Minha cabeça latejava cada vez mais, bem lá no fundo. Tinha a impressão de que uma britadeira me perfurava a nuca. Não agüentando mais, fui pegar duas aspirinas. Aproveitei para verificar como evoluía a situação na rua. Mantinha-se estacionária. O porta-malas continuava entreaberto e a avenida estava inexoravelmente vazia. A ausência de Érostrate me inquietava. Será que estava se deliciando com o seu anticongelante num boteco ou na sua ZRU da Porta de Saint-Ouen? Nesse caso, não o veria tão cedo. Entre os nós borromeanos que se faziam e se desfaziam diante do meu nariz e Érostrate que não chegava, Olga corria o risco de passar a noite ao relento, oferecendo-se à curiosidade do primeiro passante que aparecesse. Fiquei angustiado. Imaginei que o Volvo jamais sairia da avenida e que, pelo resto de meus dias, estava condenado a vigiá-lo para que ninguém se aproximasse do corpo de minha paciente.

Fui me sentar, mas não consegui ficar quieto, e cinco minutos depois corri de novo à janela para constatar que nada havia mudado. O porta-malas entreaberto, a avenida deserta, a neve caindo, tudo estava imóvel e ermo. Voltei duas ou três vezes à janela na meia hora seguinte, e tudo estava igual. Ao redor, eles começavam a se irritar seriamente. Foi uma estupidez não ter cancelado aquela reunião! O tempo passava com uma lentidão exasperante e, no entanto, já eram dez horas. Se até dez e meia Érostrate não desse sinal de vida, eu chamaria um socorro, nem que precisasse pôr todo mundo para fora. Apesar da dor de cabeça que continuava a me incomodar, acendi mais um Lucky. Não sei quantos fumei desde o início da noite, mas precisava deles para suportar uma situação que cada vez mais ia se tornando um pesadelo. Um assassinato fora cometido no meu consultório dias antes, a vítima estava mofando no porta-malas do meu carro e diante de mim se conversava sobre pedacinhos de barbante.

Ao mesmo tempo, a irritação dos meus colegas crescia. Minhas repetidas escapadas até a janela lhes davam nos nervos. Christiane Lévêque também começara a fumar um cigarro atrás do outro. Seu maço terminara e agora ela filava de mim e de Charvet, que era o único entre nós a se manter calmo. De vez em quando, o olhar dele se fixava em *O fim do mundo*. As quatro alcachofras de

Rebecca pareciam intrigá-lo, como se visse naquilo uma alegoria do nosso grupo. Quanto a Grossmann, estava numa situação crítica. Não agüentava mais ser interrompido por minhas idas e vindas. Toda vez que eu me levantava, ele ficava escarlate, fazia uma pausa para me indicar seu desespero e retomava as explicações gaguejando. Será que ia dar um daqueles famosos estouros de raiva dos introvertidos? Por ora, ele se continha, mas a tempestade rondava.

De repente, a campainha tocou.

Todos se entreolharam, perplexos.

— Está esperando alguém? — perguntou Christiane Lévêque.

Charvet não me deu tempo de responder.

— Deve ser o Papai Noel — observou docemente —, ou o Bicho-Papão, o cheiro dos sintomas o atraiu até aqui.

Christiane deu uma gargalhada nervosa, enquanto Grossmann, atrapalhando-se com as suas rodinhas de barbante, olhou-nos um após outro, com ar assustado.

— Você não vai atender? — espantou-se Charvet —, não deixe a pessoa esperando.

Fui abrir. Ele estava certo, era mesmo o Papai Noel.

— Desculpe, chefe — disse Érostrate, com voz pastosa —, houve um contratempo, por causa do anticongelante. Precisei me restabelecer. Agora a gente vai poder atacar.

Com a sua roupa vermelha, lembrava uma aparição surrealista. Custava-lhe se manter em pé e ele me encarava com um olho vidrado. Não surpreendia que tivesse demorado tanto. Ao vê-lo cambaleante, duvidei que ainda fosse capaz de diferenciar uma bateria de um estepe.

— Não esquente a cabeça, chefe — ele disse —, vai dar tudo certo.

Antes que pudesse segurá-lo, precipitou-se para pegar o material encostado no bar. Diante de meus colegas atônitos, meteu a chave inglesa e a lanterna nos bolsos da roupa e com esforço levantou a bateria.

— Não se incomode comigo — disse —, isso não é nada... Carro enguiçado, bateria para trocar. Em quinze minutos resolvo. — Virando-se para mim, acrescentou: — Puxa, viu só o que aconteceu com o seu carro? Foi um acidente? Vi aquilo quando cheguei, o porta-malas levou uma traulitada e tanto. Se quiser, depois tento desamassar.

Grossmann parecia perplexo. Acabava de fazer a associação entre o meu carro e o Volvo que o Ejaculador Precoce amassara. Obviamente, não entendia que eu tivesse assistido à batida sem intervir. Pelo olhar que me lançou, era evidente que se perguntava se eu estava batendo bem.

Os outros dois pareciam tão aparvalhados quanto ele. Charvet estava besta de ver o Papai Noel, cuja chegada anunciara, e Christiane me olhava com olhos fora de órbita.

— Não precisa interromper a reunião por minha causa — disse-me Érostrate. — Fique com os seus amigos, só tem que me dar a chave do carro, vou arrumar tudo isso sozinho.

— Nem pense! — gritei, enfiando o blusão —, vou acompanhá-lo. — Depois, para os meus colegas, ainda atônitos: — Não se preocupem. Assim que o conserto acabar eu subo. Enquanto isso, podem continuar sem mim.

Sem esperar resposta, bati a porta e me vi no patamar com Érostrate.

— Você tem uns amigos que parecem meio inibidos — disse, no elevador.

Esse tratamento íntimo me desagradou. Fingi não ouvi-lo e ficamos quietos enquanto o elevador descia.

Lá fora, a neve caía devagarzinho. Emoldurado no silêncio e na noite, o Liceu Jacques-Decour parecia ter saído de um conto de Natal. O frio estava implacável, tive vontade de subir de novo, meter-me na cama e não pensar em mais nada. Sobretudo, não pensar em mais nada. Mas na sala havia os nós borromeanos, e do outro lado da avenida o Volvo esperava com Olga dentro do porta-malas.

Érostrate andava na minha frente. Penava com o peso da bateria, mas eu não tinha a menor vontade de ajudá-lo. A camada de neve era grossa, entravava nossos passos. Eu ia andando com prudência, tanto para evitar escorregar como para não despertar a dor de cabeça, que ia serenando aos poucos graças à ação da aspirina. A certa altura, levantei os olhos para o apartamento. Da janela, meus colegas nos observavam. Que pensavam do espetáculo que lhes oferecíamos? Dois fantasmas atravessando um cenário gelado para consertar um carro.

O sonho da véspera me voltou abruptamente.

Eu estava com o Papai Noel e perambulávamos recitando versos de Verlaine.

No velho parque solitário e gelado,
Dois espectros evocaram o passado.

Instalados nos galhos da nogueira, os lobos nos viam passar, exatamente como meus colegas naquele instante.

— Chegamos — disse Érostrate, com um suspiro de alívio.

Parou defronte do Volvo, pôs a bateria no chão e a iluminou com a lanterna.

— Bem pensado — disse num tom de aprovação —, sessenta ampères, exatamente o que tinha que ser. — Mandou-me abrir o capô mexendo na pequena alavanca que ficava debaixo da direção. — Você segura a lanterna e não se preocupe, não vai demorar muito — disse.

Ser chamado de "você" me deixava furioso, mas não sabia como lhe pedir que parasse. Assim, contentei-me em obedecer. Apesar da neve, que atrapalhava seus gestos, e apesar do álcool que bebera, era hábil e entendia do assunto. Num instante tirou a bateria velha e também em pouco tempo instalou a nova.

— Tente ligar — disse.

Virei a chave e logo o motor começou a roncar.

— Maravilha! — exclamou, fechando o capô. — Vamos ver o porta-malas?

— Bobagem, vou tratar disso amanhã.

Não insistiu. Ou sabia o que havia ali dentro, ou eu me enganara a seu respeito. Não me sentia em condições de esclarecer.

— Se você não se chatear — acrescentou —, vou ficar com a bateria velha, conheço um cara numa oficina, a gente pode arrumá-la.

Ia responder que não fazia objeção alguma quando um barulho de carros me chamou a atenção.

— São os seus amigos — disse Érostrate. — Acabam de descer. Não devem ter achado graça do bolo que você deu neles. Bem que lhe disse que eles eram meio inibidos.

De fato, reconheci Christiane Lévêque e Jean-Claude Charvet no Ford que passou na nossa frente. Grossmann ia atrás, no seu Renault-5. Nem olharam para nós. Com certeza iam refletir sobre os nós borromeanos num lugar mais apropriado.

— Posso lavar a mão na sua casa? — perguntou Érostrate —, estão cheias de graxa. Quando descer pego a bateria.

— Está bem, mas depressa.

Na sala, não subsistia nenhum rastro do grupo. Se não houvesse no tapete uma mancha grande de suco de laranja se poderia jurar que ninguém tinha estado lá. Tudo fora limpo, os cinzeiros, esvaziados, as poltronas, recolocadas no lugar. Tive a desagradável sensação de que meus colegas quiseram manifestar sua desaprovação e me comunicar assim que não desejavam mais pôr os pés na minha casa.

Para afastar essa sensação, abri uma garrafa de uísque e enchi dois copos, enquanto Érostrate se lavava.

— Para mim, isso? — perguntou ao voltar do banheiro.

Esvaziou o copo com tamanho entusiasmo que me senti obrigado a lhe servir outro, o qual liquidou com idêntica presteza.

— Você é um cara legal — disse, enxugando a boca com o dorso da mão —, estava começando a ficar com sede.

Talvez eu estivesse me acostumando, mas o tratamento íntimo me incomodou menos. Embora me sentisse incapaz de lhe corresponder, achei que essa intimidade se instalava naturalmente entre nós.

— Simpático, aqui — disse, percorrendo a sala com os olhos.

Seu olhar se fixou nos pertences de Olga e na capa encostados no bar. Fiquei chateado comigo mesmo por não tê-los guardado.

— É o mantô da paciente do Lancia, ela esqueceu?

Positivamente, eu só dava mancada. No ritmo em que meus atos falhos se produziam, só me restava avisar por engano a Chapireau que estava me preparando para dar sumiço em Olga.

— Nos jornais, dizem que ela matou o marido — continuou Érostrate. — Não me espanta. O marido era um sujeito muito esquisito, cheio de grana, estava na cara. Mas era violento. A meu ver, ciumento. Tinha que vir esperar a mulher aqui debaixo da sua casa. E fazia cada cena! Tratava-a de vagabunda. "O que é que você ainda foi contar para esse filho da puta do psiquiatra?", ele dizia. Uma vez, bateu tanto nela que teve gente que quase interferiu para defendê-la. Mas entraram cada um num carro e foram embora. Tinha vezes, sabe, que chegavam no mesmo carro, ele ficava esperando na rua ou no Jean Bart... costumava me pagar um anticongelante... ou então subia para pegá-la no seu consultório.

— Ele subia ao meu consultório! — exclamei.

Pensou uns instantes.

— Não necessariamente. Agora estou me lembrando, quando eu estava no hospital, os psiquiatras diziam que na terapia não tinha que ter mais ninguém a não ser o doente e eles. Então, o marido, se você nunca o viu na sua sala, é porque devia esperar na escada, não acha?

Não soube o que responder. Salvo em sonho, nunca tinha visto Max e Olga juntos. Em geral tão prolixa quando falava sobre o marido, não contara que ele a acompanhava às sessões. É verdade que não dizia tudo. Notei isso quando Chapireau me falou de sua cleptomania. Da mesma maneira, será que ela me deixava descobrir por intermédio de Érostrate que Max ia lá? Dessa vez, uma descoberta póstuma.

Recomeçando sua inspeção, Érostrate parou na escada interna que levava ao consultório.

— É lá em cima que você recebe os pacientes?

— É.

— Com poltrona, divã e toda a tralha?

— É.

Provavelmente esperava um comentário, mas eu não estava disposto a fazer nenhum. O que acabava de me informar me deixou perplexo, eu precisava pensar no assunto sozinho.

E, além disso, a hora estava passando.

— Sinto muito — disse —, você vai ter que ir embora, tenho o que fazer.

Serviu-se de mais uma dose, liquidou-a com a mesma rapidez que as anteriores, depois se dirigiu para a porta arrastando os pés. Abruptamente, parou defronte da porta. A razão de seu comportamento era óbvia. Remexi nos bolsos, tirei uma nota de duzentos francos e lhe entreguei.

— Está bom assim?

Olhou a nota com ar embaraçado e não disse nada.

— Seu trabalho merece um pagamento, não é?

— É, mas não isso.

Será que considerava irrisório o que eu lhe oferecia? Novamente pensei na chantagem. Mas, como não disse nada, perguntei:

— Então quanto?

Minha pergunta o intimidou. Voltou para a sala e deu uma olhada na direção do consultório. De repente, com o ar perdido de quem se joga na água, encarou-me e disse:

— Você não podia me arrumar um lugar no seu divã? Eu pago com uns servicinhos.

Uns servicinhos...

Ainda o ouvia quando fui para o Père-Lachaise. Curiosa proposta, que seria engraçada se ele não tivesse me falado de Max. Seria o resultado de um cálculo, do acaso ou do anticongelante? Não sei dizer. Max acompanhando a mulher, isso provava que a estrangulara? Mais uma vez, não o imaginava assumindo tais riscos. Como podia ter certeza de que eu não acordaria naquele exato momento? E além do mais, a não ser que forçasse a porta, como teria entrado no consultório? Meu apartamento não era o Père-Lachaise, ninguém conseguia uma chave dando uma gorjeta para um empregado da prefeitura. Max era louco, mas não era homem de agir sem que houvesse interesses precisos em jogo, como numa operação financeira. Por que teria matado Olga sem que ela lhe tivesse dito onde estavam os sete milhões? Érostrate estava falando besteira. As coisas poderiam ter parado por aí, mas ele se oferecera para me acompanhar, argumentando que poderia me ser útil. Com essa, minha desconfiança aumentou. Será que sabia o que eu ia fazer? Esconder um cadáver num túmulo seria para ele um servicinho? Sem tempo para aprofundar a questão, mandei-o embora com a vaga promessa de recebê-lo depois. Da janela, avistei-o pegando a bateria arriada e se afastando no escuro. Depois, desci com as coisas de Olga e a capa.

Era uma hora da manhã quando estacionei em frente à entrada do Père-Lachaise, na rua du Repos. Tudo estava banhado num silêncio profundo, só um poste iluminava as sepulturas, que eram mais altas do que os muros do cemitério. Algumas pareciam residências em miniatura ou casas de boneca, construídas na dimensão dos corpos que abrigavam.

Fui até a portinha metálica, à esquerda da entrada reservada aos carros, introduzi a chave do Diamantário na fechadura e balancei a porta, com certa dificuldade. Em seguida, voltei para o carro, tirei Olga do porta-malas amassado e a depositei na rua coberta de neve. Custou-me reconhecê-la. Em quatro dias suas feições ficaram marcadas por uma expressão nova que não pude olhar sem pavor, como se, tendo descido ao fundo de si mesma, ela deixasse aparecer no rosto o horror dessa morte que combatera tão mal. Os olhos arregalados estavam fixados em mim; a ponta da língua preta, que saía dos lábios, parecia um pedaço de madeira podre preso na boca. Era tarde demais para que eu desse a seu rosto aquela serenidade que confere aos defuntos uma espécie de grandeza. Contentei-me em arrumar um pouco o seu cabelo e reabotoar o casaco do tailleur. Mas a violência que ela sofrera continuava a marcá-la, como uma infâmia. Senti um mal-estar. A morte era um estado íntimo da pessoa. Deixando-a tal qual se abatera sobre essa mulher, não corrigindo a máscara horrorosa que a morte lhe infligia, tive a sensação de ver alguma coisa que não me dizia respeito, de penetrar, por mais psicanalista que eu fosse, num território proibido. E, diante desse cadáver que exibia os estigmas de uma morte ignominiosa, senti ao mesmo tempo pena e nojo.

Mas não me demorei diante desse espetáculo, peguei a capa e coloquei Olga ali dentro. Juntei seu butim da Bernstein — os estojos de pó-de-arroz Van Cleef & Arpels e Cartier, os dois Rolex e o Baume et Mercier. Fosse qual fosse o método que ela usara para consegui-los, era um sinal de respeito — o único que eu ainda podia lhe demonstrar — enterrá-la com esses objetos. Lembrei-me dos vinte mil francos que guardara na minha mesa. Talvez devesse deixá-los com ela, mas precisaria ter pensado nisso antes. Restavam o mantô de pele e a bolsa, que não couberam na capa. Joguei-os pelo muro do cemitério, junto com a barra de ferro, depois fui pegar Olga, coloquei-a nos ombros, como na véspera para transportá-la até o carro, voltei ao cemitério e fechei a porta atrás de mim.

Eu conhecia essa parte do Père-Lachaise. Já tinha ido lá para mostrar a colegas estrangeiros, muitas vezes americanos, o túmulo de Jim Morrison, lembrança de uma mocidade que passara. A Porta du Repos era a entrada mais próxima. Depois da Conservation, subia-se a alameda Casimir-Périer até a via Serré, depois era só virar na via Maison, que ia dar na sexta quadra, onde estava enterrado o cantor dos Doors. Durante uma daquelas visitas, observei perto dali uma sepultura com o nome de Serguei Prévot. Chamou-me a atenção o contraste entre o nome russo e o sobrenome francês, tão banalmente francês quanto o meu — "Michel Durand?", Olga ironizara um dia, "um nome difícil de guardar e fácil de esquecer". Que houvesse o mesmo contraste entre Olga e seu sobrenome era uma estranha coincidência. Embora a sepultura fosse um pouco longe da entrada, achei que era o lugar ideal para esconder minha paciente. Sepultura perdida entre outras sepulturas, quem iria reparar nela? Ainda mais que a morte de Serguei Prévot datava de 1957 — como se podia ler na pedra corroída pelos anos —, e ela se achava em tão mau estado que com certeza desde então não tinham enterrado mais ninguém ali. Ou porque não havia mais lugar, ou porque Serguei Prévot era o último de sua linhagem. Por me convir, fixei-me nesta última hipótese. De toda maneira, em breve eu encerraria aquela história.

Carreguei Olga no ombro, acendi a lanterna e peguei a alameda Casimir-Périer. O resto, mantô, bolsa e barra de ferro, eu voltaria para buscar. Mal se enxergava, achei que a imensa cidade mortuária se fechara sobre mim e que os muros de silêncio e de escuridão acompanhavam cada passo meu.

A lanterna fazia furos esporádicos nessa escuridão, iluminando um bricabraque inacreditável de túmulos, desde mausoléus de dimensões imponentes até sepulturas mais modestas ou aquelas que lembravam favelas ou casinhas de subúrbio. Todas as classes da sociedade coexistiam numa espécie de balbúrdia funerária. Parecia um amontoado de neuroses post-mortem. O patético se misturava com a megalomania delirante — como o mausoléu gigante, apelidado de Pirocão, construído na parte mais alta do cemitério —, o gótico avizinhava com o rococó ou com o estilo império, gênero novo-rico, ou ainda com o estilo inexistente, enfeitado de baixos-relevos e mórbidas estátuas deitadas. Ao lado de obeliscos de tamanho variável, réplicas mais ou menos fiéis do de Luxor ou daquele da praça de la Concorde, de monumentos com estátuas e colunatas se inspirando no Partenon, de capelas encimadas por crucifixos de todo tipo, estavam fincados aqui e acolá enormes cubos de concreto lembrando os bunkers dos países do Leste ou os conjuntos habitacionais de La Courneuve. Fossem ou não responsáveis por suas sepulturas, os mortos se identificavam com elas, com o narcisismo imóvel delas. Os poderosos oprimiam os outros, os humildes se calavam. Inversamente, a loucura que motivava os atos do Diamantário era como uma lufada de oxigênio. Ele procurava, como me dizia, encontros fugazes consumados ao abrigo de um túmulo ou de uma cripta, com os homens que freqüentavam a via des Chèvres ou du Dragon — os desesperados da braguilha, segundo sua expressão. Estranha prática, necessariamente fadada à condenação, e que o levara ao meu divã. Talvez esses amores de necrópole — que atraíam também os heterossexuais — fossem um desafio à morte. Um desafio que Olga enfrentara até as últimas conseqüências. Quanto a mim, via nisso a apropriação de tais lugares pela vida em sua manifestação mais singular: o sexo. Talvez fosse um modo de assinalar que nem tudo estava irremediavelmente perdido.

De repente, na entrada da via Maison, ouvi um ruído curioso cuja natureza ou origem não consegui identificar. Lembrava um canto ou uma prece murmurada por uma voz de acentos seráficos, algo como uma ladainha repetida ao infinito. Depois o canto parou, e me vi no meio da noite e do silêncio. Teria sonhado? Circulavam os mais extravagantes boatos sobre as cerimônias noturnas no Père-Lachaise. Não eram apenas as libertinagens do Diamantário, falava-se também de orgias, de missas negras, de sessões de ocultismo em certos monumentos, como no mausoléu gigantesco que ficava no alto do cemitério, ou no túmulo de Allan Kardec — esse mago do século passado cujo misticismo continuava a ter adeptos —, ou ainda no de Jim Morrison. Mas, com aquele frio, seria surpreendente que alguém se dedicasse a bacanais. Talvez eu fosse vítima de minha imaginação. Esperei um pouco, não aconteceu nada, peguei a via Maison.

Era mais íngreme do que eu imaginava. Em comparação, a travessia da avenida Trudaine, na noite anterior, parecia um passeio de turista. A inclinação, que não deixava a neve se acumular, tornava a camada de gelo perigosa. Escalar um tobogã seria mais fácil. Sem as sepulturas em que eu me agarrava in extremis, teria escorregado mais de uma vez ladeira abaixo. A certa altura, bati numa delas com tal violência que quase larguei Olga e a lanterna. O fato é que precisei de uma eternidade para chegar ao alto, na encosta dominada pelo mausoléu do duque de Plaisance. Depositei meu fardo na neve, estava exausto, uma dor aguda me queimava o joelho direito. A calça, rasgada nesse lugar, deixava à mostra um corte que eu devia ter feito ao cair. Limpei-o com o lenço, depois encostei no mausoléu para me refazer. Esse monumento era a ilustração perfeita do "Viu como é bonito o meu túmulo?". Grande dignitário do Primeiro Império, Charles François Lebrun, duque de Plaisance, ostentava ali, orgulhosamente, o seu sucesso. O túmulo me lembrou o palacete de Max. Ele poderia construir um igual com o dinheiro de seus credores. Esse pensamento me levou a Olga, levantei-a nos ombros e recomecei a andar.

Pouco depois, cheguei à sepultura de Serguei Prévot. Ficava ao lado de um túmulo encimado por um baixo-relevo que representava um homem e uma mulher com um cachorro. Larguei Olga e fui buscar seus pertences e a barra de ferro na entrada do cemitério. Como não transportava nada de volumoso, achei o trajeto mais fácil.

Estava no meio da via Maison quando ouvi de novo a ladainha que me surpreendera. Dessa vez, chegou-me nitidamente, e era só uma palavra em inglês, cantada devagar por uma voz muito suave: "Waiting, waiting, waiting, waiting". O resto eram frases levemente hesitantes, cortadas pelo martelar de um baixo elétrico, cujo ritmo ao mesmo tempo quebrava e prolongava a ladainha: "Waiting for you to come along/ waiting for you to hear my song".* Reconheci Jim Morrison cantando "Waiting for the sun". Sua voz vinha da sexta quadra, bem pertinho do local onde ia enterrar Olga. Parei, sem saber bem o que fazer. A cada instante a música aumentava de volume, espalhava-se pelo cemitério em acordes ensurdecedores que sacudiam aquela imobilidade. Segundo os boatos, as reuniões em torno de Jim Morrison eram muito freqüentes. De manhã, descobriam-se em seu túmulo e nos outros ao redor restos das festas noturnas, grafites, garrafas vazias, seringas usadas, pontas de cigarros de maconha, mas não pensei que isso acontecesse com um frio daqueles. Quantos seriam os que não se desencorajavam apesar do rigor do inverno? Podia vê-los aqui e acolá, como fogos-fátuos ou luzes estroboscópicas correndo ao longo dos túmulos, clarões de lanternas elétricas iluminando sombras que dançavam no ritmo da música. A noite, o local, a luz, o som ensurdecedor dos baixos se opondo ao etéreo do órgão, tudo contribuía para dar àquelas sombras um ar imenso e fantástico. Ao vê-las assim se agitando, tive a impressão de assistir a algum sabá gigantesco.

(*) Esperando que você venha acompanhar/ esperando que venha ouvir minha música.

Meu primeiro reflexo foi correr dali, mas consegui me controlar. Mesmo se me vissem, não ligariam para mim. O único risco era essa agitação atrair guardas eventuais. As depredações feitas pelos fãs do cantor — um deles tinha inclusive levado a escultura que o representava — resultaram numa vigilância maior do cemitério. Se faziam essa vigilância também à noite, era melhor eu me apressar.

Sem perder um segundo, fui até a sepultura de Serguei Prévot. Examinei-a cuidadosamente e acabei descobrindo, entre a beirada que emoldurava a vala e a lápide, uma brecha em que introduzi a barra de ferro. Empurrei-a com toda a força. A pedra, que só se mantinha por seu peso, deslocou-se uns trinta centímetros, o que era um primeiro resultado. Na quadra vizinha, o concerto de Jim Morrison estava no auge. A voz dele me chegava como se estivesse atrás de mim. Pelo visto, "Waiting for the sun" era a música favorita dos fãs, pois as frases marteladas pelo baixo ecoavam sem parar:

At first flash of Eden we raced down the sea,
Standing there on freedom's shore,
Waiting for the sun, waiting for the sun. *

Essa música teve um efeito tranqüilizador sobre mim. Fez-me esquecer o aspecto lúgubre de minha tarefa, como se Jim Morrison estivesse ali para me ajudar. Isso me lembrou a vizinha que cantava seu cântico enquanto eu lutava para reanimar Olga. Não consegui, mas o cântico conferira a meus gestos a regularidade necessária.

(*) No primeiro clarão do Éden corremos até o mar,/ Ficando ali de pé na praia da liberdade,/ Esperando o sol, esperando o sol.

A pedra ainda se mexeu cerca de dez centímetros, depois parou. Impossível deslocá-la. A dificuldade vinha da falta de apoio. Quando eu empurrava para um lado, meus pés derrapavam no outro, e fiquei quase deitado de bruços na neve. Curvei-me, usando como apoio a sepultura do casal com o cachorro, mas a distância entre os dois túmulos me obrigou a me afastar muito, de tal forma que minha força para empurrar diminuiu e perdi em impulso o que conquistei em estabilidade. À custa de inúmeros esforços, consegui, porém, mover um pouco mais a pedra. Dentro do túmulo, ainda havia espaço suficiente para Olga. Era tudo o que eu queria. Minha paciente poderia repousar em paz, não viriam incomodá-la com outro caixão. Só que ainda precisava de uma abertura maior: de tanto empurrar, acabaria jogando a pedra na neve. Tendo em vista seu peso, eu seria incapaz de recolocá-la no lugar. Portanto, tinha que avançar centímetro por centímetro, tomando cuidado para que ela ficasse em equilíbrio na beirada que emoldurava o túmulo.

De repente, a pedra ficou quase na vertical e afundou do outro lado da sepultura. Por instantes contemplei o desastre sem reagir. A neve amortecera o choque, evitando que a pedra quebrasse. Ficou apoiada em sua base. Tentei levantá-la com a barra de ferro, fazendo ao mesmo tempo pressão para a frente a fim de recolocá-la no lugar; mas ela caía sempre na neve. Depois de várias tentativas infrutíferas, fiquei desanimado, como na noite em que tentara em vão trazer Olga para a vida. Enquanto isso, o espetáculo musical prosseguia. Jim Morrison passara a um trecho mais elevado, entre dois acordes de gaita eu o ouvi cantar vigorosamente:

Let it roll, baby, roll; let it roll, baby, roll.
Let it roll all night long. *

Exortação que podia se dirigir a mim. Pelo andar da carruagem, eu realmente perigava passar a noite naquele cemitério. Esperando encontrar uma solução, coloquei Olga no túmulo, em cima do caixão de Serguei Prévot, com o mantô e a bolsa. Só faltava fechá-lo, o que eram outros quinhentos. Ia recomeçar o trabalho quando de repente alguém perguntou:

— Tudo bem com você, meu irmão?

O susto foi tamanho que larguei a barra de ferro. Afinal, Érostrate não teria me seguido até ali! Mas não era a voz dele. Ao me virar, vi diante de mim um indivíduo alto, meio desengonçado. Parecia que tinha acabado de sair de um caixão ou que estava se preparando para retornar a um. Era extremamente magro. A barba espessa que devorava a metade do rosto e os cabelos que caíam até os ombros lhe davam uma cara de Jesus Cristo. Impressionou-me a forma como se vestia. A temperatura estava vários graus abaixo de zero, mas ele só usava jeans e uma camisa de seda branca, de jabô. Olhou-me sorrindo, seus olhos brilhavam tanto que pareciam fluorescentes.

— Tudo bem com você? — repetiu.

Sem esperar resposta, foi até a sepultura e, antes que eu pudesse impedir, abriu a capa com Olga dentro. Pensei que ia começar a berrar ao vê-la, mas em vez disso segurou a cabeça dela entre as mãos e a olhou direto nos olhos. Sob a luz da minha lanterna, a cena era surrealis-

(*) Deixe rolar, baby, rolar; deixe rolar, baby, rolar./ Deixe rolar a noite toda.

ta. Olga parecia mostrar a língua para ele. Nesse momento, Jim Morrison cantou:

Ashen lady, ashen lady,
Give up your vow, give up your vow,
Save our city, save our city, right now. *

O homem se debruçou mais um pouco sobre Olga.

— *Ashen lady* — murmurou —, Jim tem razão, você é a senhora pálida, cor de cinzas. Seja bem-vinda, pois era você que esperávamos. Desde que chegou aqui, o cemitério está cheio de vibrações. Você é o centro delas, elas partem de você, rodeiam as outras sepulturas e retornam para comungar na música. E aí o canto de Jim se eleva até as estrelas e se funde no Grande Cosmos, que elimina as diferenças. O homem é a mulher; a morte é a vida; o ódio é o amor; a guerra é a paz; o vazio é o pleno. E inversamente. *Ashen lady*, é para você que Jim canta "Waiting for the sun". Esperando o sol. O sol é você, com a sua pele cor de cinzas e seus cabelos cor de sol. Quando a morte fizer seus cabelos crescerem e quando eles irradiarem o Grande Cosmos, você salvará a cidade, como Jim deseja. As suas duas vozes se tornarão uma só. Serão a alma desta música, e serei eu o instrumento que as fará ser ouvidas.

— É você que está tocando esta música? — perguntei, perplexo diante de um discurso daqueles.

— Ouve-se bem, não é? — respondeu, orgulhoso. — Para Jim, peguei o que tinha de melhor: sistema XBS de amplificação dos baixos, com quatro ambientes pré-programados, sacou? Para a amplificação, preparei uns alto-

(*) Senhora pálida, senhora pálida,/ Quebre o seu juramento, quebre o seu juramento,/ Salve a nossa cidade, salve a nossa cidade, agora.

falantes de cinqüenta watts. Isso repercute até o Colombarium. Sem falar que posso usar indiferentemente o tape com duplo deck auto-reverse ou o laser de trinta e seis faixas com leitura aleatória, com função edit e clock. Você vai me dizer que se tem que pôr tudo isso para funcionar, mas numa outra vida fui disc-jóquei, e isso me permitiu passar sem problema da programação de discoteca para a programação de cemitério. O chato é que aqui não tenho tomada, então, para alimentar o sistema, sou obrigado a carregar com umas pilhas R20, que tenho que trocar toda hora. É meio sacal, mas fora isso não há o que reclamar, o material é bom, garantia de dois anos e financiado em dez prestações com o cartão FNAC.

Numa outra vida, devia mesmo era ter sido representante de material de som ou disc-jóquei num hospital psiquiátrico. Mas o problema não era esse. Mostrei-lhe o túmulo de Serguei Prévot.

— Pode me ajudar a deixar tudo isso arrumado?

— Tem razão — disse com uma voz inspirada —, tem que fechar. Jim é que vai decidir quando é que as sepulturas vão se abrir. Vou pôr de novo "Waiting for the sun". É fundamental. Espere aí, é só um minuto, meu radiocassete ficou com Jim. Como estou sozinho aqui, sou eu que boto tudo isso para andar.

Desapareceu na escuridão e logo a voz do cantor ecoou, ritmada por tonalidades graves do baixo. Aproveitei para fechar a capa. Quando voltou, começamos a trabalhar. Calcei solidamente a barra de ferro debaixo da pedra e a levantei para que ele pudesse pegá-la. Tinha uma força que sua magreza extrema não permitia imaginar. Unindo nossos esforços, conseguimos empurrar a pedra até recolocá-la na posição inicial. Não ficou perfeitamente encaixada, mas ninguém repararia, a não ser que tivesse sérios motivos para se interessar por aquela sepultura.

O disc-jóquei pôs as mãos no túmulo e entrou em meditação profunda. Uma evidência me chamou a atenção. Não fora apenas para dar sumiço em Olga que a levara ao cemitério, fora também para fazer o seu enterro. Na verdade, curioso enterro. Fora das leis e das instituições. Sem estar anotado em nenhum registro. Um assunto entre mim e ela. Como o contrato que liga o analista ao analisando. E se fosse exatamente isso? O contrato era aqui plenamente cumprido. Só nós dois. E, de certa forma, os que se aproximaram de Olga ou que partilharam o seu divã. Os universitários, a professora de matemática, o Ejaculador Precoce, que trocaram olhares com ela, o depressivo, que faltava às sessões, talvez Érostrate, que queria vir conosco. E Max também, e agora o disc-jóquei. Acompanhavam aquele estranho enterro. O enterro de uma ladra numa sepultura que não lhe pertencia. Podia-se imaginar um fim mais bonito?

Ao lado, Jim Morrison terminou sua música com estas palavras:

This is the strangest life
I've ever known. *

Muito bem dito...

A neve caía devagarzinho.

Dali a pouco apagaria todos os vestígios de minha passagem. Fiquei lá mais alguns instantes, depois saí do cemitério, enquanto o disc-jóquei continuava em seu recolhimento.

(*) Esta é a vida mais estranha/ que já tive.

8

Em casa, custei a pegar no sono. Fiquei me virando na cama, pensando o tempo todo estar ouvindo Jim Morrison cantar "Waiting for the sun". Consegui dormir, mas o telefone me acordou logo depois. Primeiro, achei que era um ruído de baixo elétrico, abri os olhos esperando ver o disc-jóquei. Levei um tempo para entender que estava na cama, e não no Père-Lachaise, e que o que tocava era o telefone.

Peguei o fone com a mão levemente trêmula.

— Sr. Durand? — disse uma voz que eu não conhecia.

— Ele mesmo.

— Lamy, do Banco Europeu do Comércio. É sobre a sua conta. O senhor deve ter recebido a nossa carta, mas gostaria de conversar.

Lembrei-me vagamente de uma carta do banco me comunicando um rombo de duzentos e cinqüenta mil francos. Mas, como diria o disc-jóquei, devia ter sido numa outra vida.

— Não pode ligar outra hora? Hoje é sábado.

— Para atendê-lo, a sua agência está aberta aos sábados, sr. Durand. Podemos conversar? Não demorarei.

— Fale — disse eu, conformado.

— O senhor está com um saldo devedor de duzentos e quarenta e sete mil duzentos e oitenta e oito francos e sessenta e três centavos — anunciou-me num tom de calculadora. — Não é a primeira vez que isso acontece. Seria preciso regularizar a conta o quanto antes, do contrário seremos forçados a abrir um processo no Banco da França, o que nos obrigaria a lhe retirar o talão de cheques e os cartões de crédito.

Deu-me uma vontade louca de bater o telefone na cara dele. Será que nunca iriam me deixar em paz com esses problemas de dinheiro? Max já pensava que eu tinha matado Olga para roubá-la, Chapireau desconfiava de minha cumplicidade no assassinato, pela mesma razão, e agora esse cara me incomodava de novo por causa de um saldo devedor.

— Não poderia ter um prazo? — perguntei, esforçando-me para ficar calmo. — Da última vez o senhor me deu um prazo e tudo entrou nos eixos.

— Haverá os juros, sr. Durand.

— Tudo bem — respondi, com pressa de terminar —, quinze dias, está bom?

— Uma semana. Escreva-me reconfirmando o pedido, junto com um primeiro pagamento, o que demonstrará a sua boa vontade.

— Tudo bem — disse.

— Quanto pode depositar?

Pensei no dinheiro de Olga que estava na minha mesa. Afinal, ela bem que andava me devendo, pelo enterro e pelos aborrecimentos que me criava.

— Digamos, vinte mil.

Fez-se silêncio. Talvez quisesse me dar a entender que estava pensando muito na minha proposta. Finalmente, como se se tratasse de uma gratificação de Natal, disse:

— Não é muito, mas para um primeiro depósito nos satisfaz. Depois veremos. Então esperamos a sua carta, sr. Durand.

Nisso, desligou, não sem antes me desejar bom fim de semana.

Era tarde demais para dormir de novo. Tomei um banho, preparei um café e fui tomá-lo na sala. À tarde eu tinha pacientes — para atender os neuróticos a minha agência também estava aberta aos sábados. Depois, ia ficar com Mathieu até domingo à noite. Em épocas normais, nada disso teria me perturbado, nem os pacientes nem meu filho, que eu via sempre com extrema alegria. Mas hoje sentia uma necessidade urgente de fazer um balanço, saber a quantas andava aquela história com Olga. Sem dúvida, não restava mais nada de Olga na minha casa, e eu duvidava muito que Chapireau pudesse descobrir o que acontecera. Salvo algumas suspeitas, só tinha contra mim o depoimento de Mai-Li. O que podia fazer com isso? Provar que Olga havia sido minha amante? Era um desrespeito à ética psicanalítica, mas não à lei. Além do mais, isso não provava minha cumplicidade no assassinato de Max. Restavam Érostrate e o disc-jóquei. Mas não achei que pudessem representar uma ameaça. Se o primeiro quisesse me chantagear, eu o enfrentaria. Quanto ao segundo, totalmente entregue à sua loucura mística, não o imaginava contando à polícia que tinha me ajudado a enterrar Olga. Nem por isso me sentia tranqüilo. O problema do assassinato da minha paciente permanecia igualzinho. Os acontecimentos dos últimos dias tinham simplesmente me convencido de que a resposta não estava com Chapireau. Nem com Zlibovic. Eu devia vê-lo na segunda-feira, mas não estava convencido de que essa sessão me ajudaria mais do que as anteriores. Será que precisava me resignar com a idéia de que a verdade era inacessível? Talvez, mas não me sentia disposto a aceitá-la. Em meu foro íntimo não tinha certeza de ter encerrado aquela história. Só que não sabia de onde viria o próximo golpe.

A tarde passou quase normalmente. Uns após outros, os pacientes se deitaram no divã, e os escutei tanto quanto minha sonolência permitia.

No fim da tarde, recebi a professora de matemática.

Antes de entrar, deu uma parada. Temia os fantasmas da sessão anterior? Mas sua hesitação durou pouco. Pendurou o mantô no cabide e se deitou com ar decidido. Isso me surpreendeu: de modo geral, guardava sua tralha, inclusive a pasta, que carregava mesmo quando não tinha aula.

Estava esperando que, assim que se deitasse, ela fosse me repreender por minha ausência na quinta-feira. Em vez disso, ouvi-a murmurar:

— Não sei resistir ao que é brutal.

Senti meus cabelos se arrepiarem.

— O que disse?

Virou-se para mim, olhou-me com espanto, depois voltou à posição normal.

— Cometi um ato de grande brutalidade. — Fez uma pausa antes de prosseguir. — Foi depois de uma prova escrita. Um aluno tinha deixado o relógio em cima da carteira. Volta e meia fazem isso durante as provas.

Acham que com um relógio diante deles poderão administrar melhor o tempo. Este se esqueceu do relógio ao ir embora. Quis chamá-lo de volta, mas já estava longe. Quando eles terminam, não ficam fazendo hora, não, sabe. Em suma, antes que eu pudesse perceber, a sala ficou vazia, com aquele relógio em cima da carteira. Ninguém, a não ser eu, tinha reparado nele. Claro, deveria ter levado o relógio para a diretoria, e eles o devolveriam ao aluno. É o que se faz nesses casos. Mas o guardei. O valor do relógio não tinha nada a ver. A gente acha um igual em qualquer lugar, por cem ou duzentos francos. Não era esse o problema. Uma esferográfica, eu teria devolvido, mas nesse caso era diferente. Ficando com o relógio, cometia um roubo. Era justamente o que me atraía. Um professor que rouba de um aluno é inabitual, é uma brutalidade, primeiro contra o aluno, mas também contra os colegas, contra o colégio, e até contra a profissão. Eu brutalizava tudo isso, e me brutalizava também, é claro. Achei essa brutalidade uma delícia e não consegui resistir. Não acreditava que tinha agido assim.

Eu também não. O que acabava de dizer me deixava perplexo.

— O que é que deu na senhora?

— É difícil explicar... Havia um clima estranho segunda-feira passada no seu consultório, o senhor parecia estar meio alterado. Quando me deitei no divã, tive uma sensação de perigo, como se alguém quisesse me atrair para me corromper; só tive uma vontade, fugir o quanto antes. Mas esse alguém, debaixo do divã, continuava a me perseguir. Ouvi sua voz dizendo umas frases malucas, tentando me convencer que a brutalidade era o que podia me acontecer de melhor, e que para testá-la eu devia ceder aos meus impulsos. Impossível escapar àquela voz, que estava por toda parte, nas aulas, com os alunos, ou na sala dos professores, com os colegas. A certa altura, achei que era o diretor que estava me dando esses conselhos. Foi aquela sessão terrível a causa de tudo, sabe. Queria lhe falar sobre isso quinta-feira, mas o senhor não estava. Nunca o senhor tinha me recusado o seu divã antes. Fui abandonada, fiquei entregue à voz que me importunava. Foi por isso que roubei o relógio. Logo me senti melhor. A voz estava certa, a gente deve fazer o que tem vontade, mesmo se for errado. É engraçada essa sensação de autorealização. Nunca tinha sentido isso antes. Bastou roubar um relógio vagabundo de um aluno. Gesto engraçado, não é? Pensei que tinha finalmente descoberto o meu caminho, que tinha me tornado uma ladra, e não senti a menor vergonha.

Escutando isso, tive a impressão de reencontrar Olga. É verdade que a professora ainda não havia chegado ao Jaeger-LeCoultre de ouro cor-de-rosa, mas talvez não estivesse longe dele.

— A senhora ainda pode devolver o relógio — sugeri.

— Mas o senhor não entendeu nada! — gritou. — Não tenho vontade nenhuma de devolvê-lo. Se soubesse a alegria que senti! E agora quer que eu me prive disso? Depois desse roubo, dei uma aula para uma turma muito turbulenta, do terceiro ano. O senhor deve ter ouvido falar desses alunos que acham que tudo é permitido, que nos interrompem o tempo todo, que se levantam para ir conversar no outro extremo da sala, em suma, que só têm um prazer: irritar o professor. Pois bem, eu devia estar com tamanha cara de felicidade e de segurança que nem tentaram fazer bagunça, pelo menos dessa vez pude dar a aula normalmente. Imagine só, foi preciso roubar um aluno para que pudesse enfim impor respeito a uma turma.

Será que pensava em se lançar numa carreira de pedagoga-bandida? Fiz a pergunta.

Ela começou a rir.

— Francamente, não sei. Hoje de manhã, no liceu, limpei os bolsos dos colegas presentes, só para ver o que ia acontecer. Ah!, não roubei muita coisa, não é gente abastada, a não ser um, que tinha mil francos na carteira, os outros só tinham esferográficas e uns trocados. Mas foi um início estimulante. Antes de me profissionalizar, vou continuar a roubar os alunos e os colegas. O que me parece mais lógico. Tem também a sala do diretor, que eu gostaria de visitar. Conheço direitinho a arrumação da sala, o cofre fica dentro de um armário, é lá que ele guarda o dinheiro destinado às despesas correntes do liceu. As chaves estão numa gaveta de sua mesa. Faz tempo que reparei. Inconscientemente, já pensava nisso. Valeria a pena tentar esse golpe. Fiquei pensando nisso enquanto dava aula para a turma do terceiro ano. Acho que teria que agir no final do dia, depois das seis, quando a secretária tiver ido embora e o diretor estiver ocupado numa reunião de professores. Neste período, ele vive em reuniões, estamos no fim do ano. A única dificuldade vai ser forçar a porta da sala.

Talvez com uma barra de ferro, pensei.

— Não vou precisar de muito material — ela objetou, como se tivesse me ouvido. — Não é uma porta blindada. Uma tesoura ou uma régua de metal bastam. Vou confiscar a um aluno. Quando entrar na sala, aí vai ser mole. Se der certo, vou me sentir mais confiante e vou poder me arriscar nas lojas.

Um verdadeiro plano de carreira. O que me espantava era a sua serenidade. Pensava no futuro com confiança. Não sei por quê, mas lembrei do Ejaculador Precoce. Érostrate tinha me contado que ele se empenhara em consolá-la no dia em que eu estava ausente, quinta-feira passada. Achei curioso que ela não falasse disso. Mas não cabia a mim abordar a questão.

— Bem, minha senhora — disse me levantando.

Ela também se levantou. Com um gesto rápido, joguei os cabelos para trás, enquanto ela pegava o mantô pendurado no cabide. Depois me deu os trezentos francos.

— Dinheiro de um colega — disse, num tom satisfeito.

Apertei-lhe a mão fingindo não ter ouvido e a acompanhei até a porta do consultório.

Da janela vi quando atravessou a avenida Trudaine num passo alegre. Não conseguia acreditar naquela metamorfose. Será que tinha mesmo a intenção de se profissionalizar? Realmente, eu não estava prestes a encerrar o capítulo Olga. Assim que esta se foi, outra a substituiu. Pelo visto, os pacientes eram sempre o sintoma do analista, e eram sempre os mesmos que se deitavam no divã.

Érostrate não estava embaixo espiando. Fiquei satisfeito. Pelo menos não teria que empregar todas as astúcias para evitá-lo quando saísse. Quanto à professora de matemática, fiel a seu hábito, ela virou à direita e seguiu em direção à pracinha d'Anvers.

Pela primeira vez desde que a analisava, achei-a quase atraente.

Era às sete e meia que eu tinha que ir buscar Mathieu, na rua de Seine, onde ele morava com a mãe. Ainda eram seis horas, não havia pressa. Preparei um uísque na sala e fui me esticar no sofá. Fazia tempo que eu não me oferecia um momento de descanso. No tapete, ao lado da mesa, a mancha de suco de laranja formava uma grande auréola. Seria preciso ter limpado logo, mas desde que fora convocada por Chapireau, Mai-Li não reaparecera. Eu lhe devia um mês de salário, será que viria recebê-lo? Fosse qual fosse o seu sentimento de culpa em relação a mim, não havia nenhuma razão para não pagá-la. Depois, meus pensamentos se dirigiram para Rebecca. Será que ainda estava zangada comigo por causa daquela noite? De seu quadro, na minha frente, escapava um amontoado de cores que eu não entendia. Mas provavelmente não havia nada para entender. Só desejava uma coisa, que estivesse ao meu lado, naquele sofá, e que me dissesse, como nenhuma outra mulher sabia dizer: "Esqueça esse quadro para o qual você não dá a menor bola e cuide de mim".

Nada mais teria importância.

De repente, o telefone tocou, encerrando esses devaneios.

Reconheci a voz de Charvet.

— A gente não se comportou muito bem com você, indo embora daquele jeito — disse. — Queria pedir desculpas.

— Você não tem nada a ver com isso, foi culpa minha. Grossmann com seus nós borromeanos... eu não estava com cabeça para isso.

— Parece que o motivo foi o porta-malas do seu carro, que aquele louco amassou lá na rua. Você devia ter nos avisado.

— Para quê? Não mudaria nada. Conheço o motorista, ele é correto, agora vamos discutir com os nossos seguros.

— Foi para ajudá-lo a consertar o estrago que o Papai Noel apareceu?

— Não, precisava trocar a bateria. Esse cara vive rondando aqui na minha rua, era um bico para ele.

— Puxa, você podia apresentar o seu cara a Christiane, ela vive tendo problemas com o carro, se ele pode consertar a qualquer hora da noite, faça chuva ou faça sol, é uma maravilha.

Sua ironia me desarmou, mas não respondi.

— Não quero me meter no que não é da minha conta — disse ele —, mas tive a impressão de que você não anda muito bem.

— Nada grave, sabe, bem... uma história complicada com uma paciente, acabo de descobrir que ela é cleptomaníaca.

Ele começou a rir.

— Ela bateu a sua carteira?

— Não tenho muita vontade de brincar com isso.

Não insistiu e me pediu notícias de Florence. Achei que sua voz estava meio tímida, como se Charvet hesitasse em me falar dela. A idéia de um caso entre os dois nunca tinha me passado pela cabeça. No entanto, não seria nada de extraordinário. O mundo da psicanálise era pequeno. Volta e meia encontrávamos as mesmas pessoas e falávamos facilmente de nós. Analistas podiam ficar ao lado de seus analisandos em formação, em seminários ou colóquios. Sem falar das noites em que estávamos praticamente entre psicanalistas, a ponto de alguns colegas, apavorados com a idéia de dar de cara com seus terapeutas, passarem por um crivo as listas de convidados. Disso resultava uma curiosa proximidade, talvez inconscientemente buscada, graças à qual todo mundo sabia quase tudo sobre todo mundo, o que favorecia encontros ou separações e, às vezes, bons qüiproquós.

— Florence volta de Chicago segunda — respondi. — Em princípio, jantamos juntos quarta-feira que vem.

— Mande um abraço para ela. Fui convidado para um seminário em Viena. A cidade de Freud, nada mais nada menos! Vou ficar fora até o fim da semana que vem. Quando voltar, vou procurá-la.

Depois, desligou, deixando-me vagamente inquieto, não pelo que imaginei existir entre Florence e ele, mas pelo que eu dissera a respeito de Olga. O que é que tinha me dado? É verdade que isso não teria conseqüências, no máximo eu teria liberdade para falar do assunto no grupo. Mas estava aborrecido por ter reagido assim. De onde viria o próximo golpe?, perguntei-me. Tendo em vista meu talento para acumular mancadas e atos falhos, muito provavelmente viria de mim mesmo.

Mathieu me esperava, impaciente.

— Oba, vamos nos divertir! — gritou ao me ver.

— Ele ainda tem que fazer um dever de geografia — interveio a governanta. — A sra. Sauvagnac telefonou de Chicago, gostaria que ele não voltasse muito tarde amanhã.

O lamento dos desmancha-prazeres. Era bem Florence. Até do outro lado do Atlântico tinha que intervir na minha relação com Mathieu. Garanti à governanta que ele seria entregue a tempo e a hora, e tratei de sair.

Começamos pelas lojas de departamentos, seção de brinquedos — em época de fim de ano, a maioria ficava aberta até as dez horas. Mathieu me levou para o estande onde estava exposto o trem elétrico Playmobil, modelo

Western, o dobro do preço dos outros. Resisti um pouco, por questão de princípio, depois cedi. O trem ia ser entregue a ele na véspera de Natal. Alegando que precisava esperar até lá, conseguiu me extorquir também um jogo, razoavelmente caro, para o seu videogame. Nesse ritmo, o banco não veria muita coisa do adiantamento que eu havia prometido. Mas não era capaz de recusar nada a Mathieu, e ele abusava sem a menor vergonha.

Depois das lojas, o restaurante — a muito custo, consegui evitar o McDonald's —, e depois, em troca da promessa de ver *Este mundo é um hospício*, de Frank Capra, no dia seguinte, aceitou ir para casa dormir.

Assim que acordou, lembrou-me a minha promessa. Fazia por volta de quinze dias que me atazanava com esse filme. No fundo, eu estava radiante porque ia levá-lo ao cinema. Sua cinefilia me alegrava, era sinal de uma precocidade que me dava um grande orgulho. É verdade que com Mathieu tudo era motivo para me deixar feliz. Do alto de seus doze anos, era um garotinho encantador que vivia, se se pode dizer assim, com prazer seu período de latência. O amor, as histórias de homens e mulheres representavam um aspecto menor da existência, para ele. Infelizmente, eram também a parte obrigatória dos filmes de aventuras que ele adorava, mas nos quais o diretor, cedendo à preferência dos adultos, era obrigado a encaixar duas ou três cenas de beijinhos, quando teria sido muito mais apaixonante explorar a cena em que o rinoceronte ataca o explorador que só tem uma bala, ou ainda a cena em que os índios, cercando o forte em chamas, preparavam-se para desfechar a última investida antes da chegada da cavalaria. Segundo ele, a aventura era antes de mais nada um assunto para homens aguerridos, e nela não havia lugar para os sentimentos, que tornavam a ação mais lenta.

Por trás dessas declarações de grande combatente que já viu de tudo na vida, tal qual Stewart Granger, que, em *As minas do rei Salomão*, tinha mais o que fazer do que passear na selva de braço dado com Deborah Kerr, eu desconfiava que ele não se satisfazia só com a companhia da mãe.

— Ela só sabe escutar os neuróticos que contam seus tormentos, deitados no divã — ele dizia. — As mulheres só pensam nisso.

O Ejaculador Precoce não diria melhor, só que não tinha doze anos. Admirei a facilidade com que as crianças transformavam o mundo de acordo com suas conveniências. Como se Mathieu não soubesse que eu fazia o mesmo trabalho que Florence! Mas eu era um homem e com certeza ele achava inconcebível que me interessasse pelas mesmas histórias que sua mãe. Será que imaginava que, praticando uma terapia viril, eu cuidava dos pacientes lhes propondo operações de sobrevivência na selva, com um punhal e uma bússola? Nesse caso, sem a menor dúvida adoraria me oferecer sua ajuda.

Assim, depois de decidir que iríamos ver *Este mundo é um hospício* no início da tarde, não pude fugir do tradicional duelo no consultório, tal como ele vira em *Matar ou morrer*.

— Sabe, com a mamãe o divã é para os neuróticos, não dá para fazer umas brincadeiras legais — ele dizia.

Ao passo que, comigo, dava. Claro, ele fazia o papel de Gary Cooper, e eu o do bandido que queria acertar as contas com o mocinho. E atirávamos um no outro, cada um mais que o outro, dos dois lados do divã. Mas por mais que me concentrasse nessa brincadeira, e porque o divã me aparecia de outra perspectiva, a lembrança de Olga estrangulada ali em cima, e depois escondida embaixo, vinha-me à mente toda hora.

— Mas o que é que você está fazendo, papai? — gritou Mathieu. — Poxa, está esperando que eu te mate?

Tinha razão, a aventura não se prestava ao questionamento. A gente atirava ou recebia bala. Deitei-me no sofá e abri fogo. Da poltrona, ele me respondeu com um fogo cerrado. Escondido atrás da almofada que puxei para mim, revidei o melhor que pude, mas de novo a imagem de Olga se impôs. O consultório invadido pelo frio, com aquele cadáver, gelado, ignóbil, e eu, no lugar onde ela fora estrangulada, brincando de mocinho e bandido com meu filho.

Nesse momento, senti um objeto metálico nas costas. Mathieu apontava seu colt para mim. Passara por baixo do divã para me pegar pela retaguarda.

— Largue a arma e mãos ao alto — ordenou. — Ao menor gesto suspeito, eu te mato.

Tive que obedecer. Feliz com a vitória, fez de conta que estava me amarrando. Depois, quando se certificou de que as cordas estavam bem atadas, largou a arma e tirou do bolso um objeto metálico que brandiu diante do meu nariz.

— Uma das suas chaves — disse —, estava debaixo do divã. Realmente, você guarda as suas coisas de qualquer jeito.

Espantado, procurei no bolso: minha chave estava lá. Verifiquei na gaveta da mesa, a cópia também estava lá. De onde vinha aquela terceira chave?

As palavras de Max me voltaram à mente. "Descobri objetos seus nas coisas dela", ele me dissera. Lembrei-me da Montblanc que encontrei na bolsa de Olga. Será que tinha me roubado outras coisas? Por exemplo, uma de minhas chaves para fazer essa outra cópia. Mas por que teria feito isso?

Essa cópia de chave me perseguiu o dia inteiro. Depois da brincadeira de faroeste, fomos ver *Este mundo é um hospício* no Action-Christine. Os cadáveres que se amontoavam no porão das duas velhotas faziam Mathieu dar gargalhadas. A mim, lembravam-me minha expedição ao Père-Lachaise. Quando o filme acabou, levei Mathieu para a rua de Seine no prazo exigido pela governanta.

Ao voltar para casa, encontrei recados na secretária eletrônica: Christiane Lévêque e David Grossmann também pediam desculpas por seu comportamento na reunião. Pelo visto, combinaram em me ligar, e Charvet lhes explicou antes de viajar que eu não estava batendo muito bem. De toda forma, eu não escaparia a uma exposição sobre as relações entre a análise e a cleptomania durante a nossa próxima reunião. Depois, havia um recado de Florence, que me perguntava se eu tinha passado um bom fim de semana com Mathieu e confirmava o nosso encontro de quarta-feira à noite no Grand Café Capucines.

Desliguei a secretária eletrônica e fui me deitar.

Também naquela noite não consegui dormir. Pelo menos foi a impressão que tive, pois não era capaz de distinguir o sono de minhas reflexões a respeito daquela chave.

E quando o dia começou a raiar, tive um sonho que me encheu de terror. Eu acabava de fechar a sepultura de Olga. Ela não estava morta, dava pancadas que ecoavam na lápide de pedra. E que se confundiam com o som do baixo elétrico que acompanhava Jim Morrison. O disc-jóquei assistia ao enterro, impassível. De repente, dava-me a chave que Mathieu tinha encontrado.

— É a chave da sepultura, para que você possa ir se juntar a Olga — disse. — Ela o está chamando. O caso entre vocês dois é para o resto da vida.

A voz do disc-jóquei parecia vir de vários metros acima de mim. Levantei a cabeça e, para meu grande pavor, vi nos galhos de uma nogueira que dominava a sepultura de Serguei Prévot diversos lobos — seis ou sete — que me olhavam calados. A maioria era branca. Com as orelhas e os rabos levantados, faziam-me pensar em raposas ou em pastores alemães. O que estava nos últimos galhos devia ser o chefe e, um pouco acima dele, havia mais um lobo, em tudo parecido com os outros, com a única diferença de que seu pêlo era ruivo. A noite e a neve davam à nogueira um aspecto de pinheiro de Natal. Esse espetáculo me apavorou, mas não consegui fugir: estava imobilizado, incapaz de desprender o olhar dos lobos. Seus olhos lançavam raios que iluminavam meu sonho. Levei muito tempo até perceber que essa luz era a claridade que entrava no quarto.

Quando acordei, passava de uma da tarde. Tive justo o tempo de me preparar para ir ver Zlibovic.

— Passei a noite pensando na cópia daquela chave. Olga é que deve tê-la mandado fazer com base na original que roubou de mim. Com que objetivo? Assaltar minha casa? Não creio. É possível que Max tenha pegado a cópia para ir estrangulá-la no consultório. Tendo cometido o crime, teria deixado a cópia num dos bolsos do tailleur dela. A cópia caiu quando escondi Olga debaixo do divã. Foi ali que Mathieu a encontrou. Poderia ser tão simples, assim. Só que não entendo por que Max teria matado a mulher sem que ela lhe dissesse onde estava o seu dinheiro.

Zlibovic ficou calado. Eu não ouvira o som de sua voz desde que chegara. Recebera-me sem uma palavra, nada, nem sequer uma alusão à maneira como se encerrara a sessão anterior. Tampouco se mexeu quando pedi desculpas por ter saído sem avisar. Temendo que estivesse dormindo de novo, arrisquei uma olhadela para trás, mas ele não estava dormindo. Escutava-me, imóvel, de olhos arregalados, os joelhos enrolados na manta. Comuniquei-lhe o que tinha sentido ao vê-lo dormir na poltrona, como ele me parecera velho e vulnerável, tão vulnerável que bastaria lhe apertar um pouco a garganta para que seu sono se tornasse definitivo. Também não reagiu. Essa impassibilidade me lembrou a morte e, abruptamente, o sonho dos lobos me voltou com incrível nitidez.

— É curioso — disse eu — que não tenha lhe contado antes. Faz dias que esse sonho me persegue. Ainda esta noite voltou, como se nada tivesse mudado, como se ter enterrado Olga não me livrasse dela. Tenho a impressão de que esse sonho responde às perguntas que me fiz a respeito dela e talvez a outras, mais antigas, mais profundas. Formavam um estranho quadro, esses lobos na árvore...

— Talvez você tenha lido demais as *Cinco lições de psicanálise.*

Fiquei tão surpreso de ouvir sua voz que levei um susto.

— Já me fizeram essa observação, mas não me lembro a respeito de quê. Claro que conheço o sonho do Homem dos Lobos. Foi inclusive o motivo de eu ter virado psicanalista. Escrevi uma tese sobre isso para mostrar que Freud se enganou na sua interpretação. A cena primitiva, da criança surpreendendo os pais durante suas brincadeiras eróticas, para mim não tem nada a ver com esse sonho. Diria que os lobos parecem ilustrar o que dizia um filósofo, acho que Hobbes: "O homem é o lobo do homem". Vivemos numa selva em que só há espaço para as feras do tipo de Montignac. Meu pai se queixava dessa gente. Dizia que, se os negócios iam mal, era por causa dos lobos. Os lobos da concorrência, do fisco, dos supermercados, do que o senhor quiser. Meu pai passava a vida se lamentando. Era uma vítima nata. Enquanto Max podia, num estalar de dedos, abocanhar sete milhões, ele não conseguia ganhar trezentos francos por dia. Eu queria que ele reunisse em sua pessoa prestígio, poder, sucesso, mas o horizonte dele se limitava à sua loja de quinquilharias! Não me lembro de tê-lo ouvido falar de outra coisa que não fossem as panelas que ainda não tinham sido entregues, as promissórias a serem pagas e os fiscais da Receita que o perseguiam. Foi por isso que tomei antipatia por ele, por causa dessas lamúrias eternas, e no dia em que me deu aquela girafa azul minha aversão passou a ser definitiva.

— Você continua detestando-o tanto assim?

— O fato é que ele me decepcionou muito. Com ele... como dizer?... qualquer identificação era impossível. Fisicamente nos parecíamos, a mesma altura, a mesma tendência a andar meio encurvados... ele, por desespero crônico, eu, por falta de exercício..., os mesmos cabelos louros, os olhos azuis, a covinha no queixo. É a ele que devo essas gordurinhas e esse gesto, que tanto enfurecia Florence, de jogar mecanicamente o cabelo para trás. Às vezes, quando me olho no espelho, acho que o estou vendo. No entanto, longe de ter favorecido uma identificação, essa semelhança só agravou a aversão que ele me inspirava...

As recordações afluíram de uma só vez. Pareciam tecer uma história de que eu seria apenas a testemunha.

— Minha mãe também o detestava. Não conseguia falar com ele sem amargura, nós nos juntávamos contra ele. Eu tinha só por volta de doze anos, mas, em matéria de maldade, formávamos, ela e eu, uma dupla que teria envelhecido no fel. Nunca perdíamos uma chance de humilhá-lo. Estimulado por minha mãe, eu só pensava em esmagá-lo com meu sucesso. Colecionei os primeiros lugares no colégio. Depois, lancei-me em estudos de medicina brilhantes. Precisei de anos de divã para compreender que meu pai tinha me amado a seu modo, com tristeza, acanhamento e talvez admiração, mas na época eu não queria saber de nada disso. Foi assim que me tornei um dos mais jovens analistas da França. Queria estar ao lado dos Freud, dos Nacht, dos Lacan. Identificava-me com eles, e também com o senhor, bem mais do que com meu pai. Por causa de uma paciente assassinada em meu consultório e do marido que encontro pouco depois, descubro que não sou tão diferente dele. Quando penso nisso, vejo que me comportei de um jeito miserável com Max, e meu pai não teria agido de outra maneira nessa situação.

— Essa idéia lhe veio por causa dos lobos?

— Sim. O lobo que parecia ser o chefe me levou a pensar em Max, quando me visitou. Tinha o mesmo porte, o mesmo ar de certeza. Os outros lobos pareciam lhe prestar obediência. Era um dono do mundo. Como Max. Se ouvisse o discurso dele na minha casa! Esse homem era um demente, um paranóico, cheio de si, mas me fascinava. Eu estava lidando com um autêntico bandido, com alguém que não pertencia ao nosso mundo. No fundo, invejei-o. Gente como ele não respeita nenhum valor, pisoteia os valores com a maior naturalidade, assim como nós respiramos. É isso um dono do mundo. Ao passo que nós, intelectuais, só sabemos desmitificar esses valores, mostrar a precariedade de seus fundamentos. Mas não nos atrevemos a ir mais longe. Somos velhos e medrosos. Foi o que compreendi ao ver o senhor dormir, na última sessão. Vi-me tal como eu ia me tornar, um velho cheio de achaques, tão fraco e digno de pena quanto meu pai. Pior, tive a impressão de já ser assim e pensei que, diante de gente como Max, nós não tínhamos peso. Íamos morrer enquanto essa gente continuaria a mandar no mundo.

Fez-se um longo silêncio. Zlibovic não parecia inspirado pelo que eu acabava de dizer. Será que esperava saber mais? Perguntou:

— Quem era o lobo um pouco acima?

— Olga, é claro. O pêlo era da cor de seu mantô. Porque a nogueira estava iluminada, pensei num pinheiro de Natal. Foi nessa ocasião que meu pai me comprou a girafa azul. E algum tempo depois tive um sonho curioso. Mais ou menos o mesmo de ontem à noite. Estava no meu quarto, de repente a janela se abriu e vi na grande nogueira diante da janela vários lobos brancos sentados nos galhos. Olhavam-me calados. No último galho, havia uma loba. Tenho certeza que era uma fêmea. Estava acima de outro lobo, um macho; achei que o ameaçava seriamente. Na verdade, quis que ela o matasse.

— Você disse que ela estava em cima dele?

— Acima dele — corrigi. — Não é...

Eu ia dizer que não era a mesma coisa, mas "em cima dele" ou "acima dele", que diferença fazia? Esse sonho me acompanhava havia anos e agora me vinha à memória. Somente agora. Certas noites, surgia no meu sono sem mais nem menos, olhos imóveis me olhavam em silêncio, e de manhã eu tratava de esquecer tudo. Mas o sonho sempre esteve ali. A nogueira era o pedestal onde se instalavam os diversos acontecimentos da minha vida. Na verdade, os mesmos — o que mudava realmente numa vida? —, talvez com cores diversas, tamanhos diversos, mas nos mesmos lugares, nos mesmos galhos, nas mesmas posições. E sempre com aquela loba acima. No fundo, tanto fazia que fosse uma loba. Um lobo também serviria. O que importava era que o assassino estivesse em cima. Sempre o assassino em cima. Essa evidência, descobri durante o verão que se seguiu ao episódio da girafa. Desejava com todas as minhas forças que meu pai fosse severamente castigado por causa daquele presente. Esse desejo, eu sabia que minha mãe o realizaria. As mães sempre realizam os desejos dos filhos. Estava muito quente naquela tarde. Tão quente que fazia frio no meu sonho com os lobos. Devia ser no mês de junho ou julho. O bazar só abria às quatro da tarde. Eu me lembrava muito bem, meu pai costumava pôr uma tabuleta na porta para avisar. Mais tarde, quando aprendi a ler, soube que ele escrevia algo como: "Para melhor servir nossa simpática clientela, a loja estará fechada entre meio-dia e meia e quatro horas da tarde". Minha mãe achava isso ridículo, mas para ele era o supra-sumo da competência comercial. "Deve-se sempre manter boas relações com o freguês", ele dizia. Nem por isso recebia massas de fregueses, mas não desistia. Portanto, naquela tarde, depois de pendurar a tabuleta, subiu para o apartamento, que ficava em cima da loja. Não sabia que tinha chegado a hora da vingança e que minha mãe, lá em cima, preparava-se para fulminá-lo. Subiu para o quarto em perfeita inocência, com o andar sereno. O ruído de seus passos nos degraus de madeira lembrava o que faziam os punhos de Olga tamborilando na pedra do túmulo. Propagava-se até o andar térreo e o bazar. Parecia que ele queria avisar ao mundo inteiro que estava subindo para o quarto. Imbecil! Se desconfiasse do que o esperava. A certa altura, quase fraquejei, tive medo por ele e pensei em agarrá-lo para dizer que não fosse lá, que um perigo terrível o ameaçava, mas me lembrei da girafa que tinha enterrado na véspera, o ódio subiu muito forte dentro de mim — já que queria morrer, que morresse, ora bolas! — e fiquei nos fundos da loja, no térreo, atento para não perder nada do drama que se preparava. Esperei um tempão. De repente, ouvi os gritos deles. Foi mais tarde que descobri as palavras para expressar o que senti, quando topei, durante uma leitura, com a frase "os lobos se devoram entre si". Era exatamente isso, eles se entredevoravam. Gritavam como lobos, tinham a ferocidade dos lobos. Fui correndo para o primeiro andar; e de lá vi tudo. Estavam na cama lutando violentamente. Para maior comodidade, ou pelo menos era o que eu pensava, tinham ficado com as roupas de baixo — meu pai estava de camiseta e minha mãe de combinação —, brancas como os lobos de meu sonho. Minha mãe o dominava. Meu pai, com toda a certeza, ia ser massacrado. Deitado de barriga para cima, debatia-se, mas ela o mantinha solidamente preso entre suas coxas, e ele não tinha como escapar. Não duvidei do resultado da luta, a morte não ia demorar e comecei a aplaudir. Foi então que perceberam a minha presença. Minha mãe fez um "oh!" de espanto e os gritos de um e outro cessaram abruptamente. Meu pai aproveitou a surpresa de minha mãe para se virar de bruços. Com certeza pensava em escapar, mas não fez nada disso. E os dois ficaram me olhando, calados... Pensando bem, talvez fosse eu que os olhasse daquele jeito, do mesmo jeito dos lobos, com aqueles olhos arregalados. Em todo caso, senti que deveria ir embora, deixá-los na sua luta, mas não pude. Não conseguia tirar o olho deles. Foi após um bom tempo que fui capaz de fechar a porta do quarto e voltar para os fundos da loja, esperando que minha mãe liquidasse meu pai.

— O que aconteceu depois?

— Dormi. Durante o sono, pensei ouvir o barulho da luta entre eles. Dormi muito tempo e quando acordei era noite. E então percebi que, longe de ter castigado meu pai, minha mãe se reconciliara com ele e o abraçava com ternura. Tive a sensação de uma traição pavorosa. Durante dias e dias não dirigi a palavra a ela. Se pudesse, eu a teria enterrado junto com a girafa. Acho que essa recordação virou uma obsessão, em certos aspectos condicionou minha vida, tanto particular como profissional.

— Está falando do que aconteceu com Olga?

— É, o sonho das lutas no bazar ou das lutas no meu divã, é tudo a mesma coisa. Pelo visto, tive esse sonho para dar razão a Freud... Anos a contradizê-lo, evaporados numa sessão. Que paulada! Sonhei a cena primitiva até mesmo com meus pacientes, sobretudo com Olga. No fundo, Max talvez não fosse tão calculista quanto pensei. A relação dele com a mulher também tinha a ver com o amor, se não com a loucura. Imagino muito bem Olga lhe dizendo: "Olhe, mandei fazer uma cópia da chave. Conto para ele tudo o que você faz comigo. Tenho certeza que isso o excita. Se quiser saber, entre na casa dele com essa cópia, fique na sala de espera e escute. Se minhas conversas lhe desagradarem... ou agradarem demais..., você intervém. Elimina o analista ou a esposa, à escolha. É uma boa idéia, não acha?". Assim, ela teria organizado sessões a três. Descrevia-me as sevícias que ele lhe infligia, de que maneira as provocava, como se deliciava, e depois me convidava a fazer o mesmo. Convidava a mim ou a Max, do outro lado da porta? Eu me refugiava no sono, mas uma parte de mim mesmo reconstituía em sonho o que ela contava. A meu ver, Max se contentava em escutar, sem intervir, e acertavam as contas lá na rua. Érostrate me disse que uma vez, embaixo do meu prédio, ele bateu tanto nela que os passantes tiveram que apartá-los. Segunda-feira passada, ele não deve ter agüentado. Era isso, evidentemente, que ela esperava. Um dia, disse-me que o caso entre eles só terminaria com a morte de um dos dois. Max entrou no consultório enquanto eu dormia, suas mãos se fecharam em torno da garganta de Olga. Não deve ter levado mais de um minuto para acabar com a vida dela. Olga e sua estranha virgindade. Foi só depois que pensou nos sete milhões e quis saber o que ela havia me contado.

— E o que contou?

— Não tenho a menor lembrança. Em todo caso, se falou disso ele teria escutado, pois estava na sala de espera.

— Talvez tenha chegado depois.

Essa observação me surpreendeu.

— Pode ser, mas o que é que o senhor quer que eu lhe diga?

— Simplesmente, onde estão os sete milhões de francos — murmurou.

Achei que tinha ouvido mal.

— O que disse? — perguntei, virando-me.

Foi então que vi a pistola automática.

Ele a segurava apontada para mim. Provavelmente a escondia sob a manta desde o início da sessão.

— Onde estão esses sete milhões? — repetiu.

Dessa vez, sua voz era ameaçadora.

9

Dei um pulo para me levantar, apavorado com o que via. Parecia uma das brincadeiras entre mim e Mathieu no meu consultório. Mas, dessa vez, a pistola apontada para mim era muito real, e quem a segurava era Zlibovic.

— Que brincadeira é essa? — repliquei.

Fazendo um gesto com a arma, ele me mandou sentar na outra ponta do divã.

— Diga onde está esse dinheiro. Garanto que desta vez não vou dormir.

Para me provar que não estava brincando, puxou o dispositivo de segurança da arma. Percebi que estava mais indeciso do que parecia e que sua mão tremia ligeiramente.

— O que o leva a crer que sei? — perguntei. — Chapireau e Montignac já me fizeram essa pergunta. O senhor também vai insistir nisso?

— Você está com esse dinheiro, Olga me disse.

— Olga? O senhor a conhece?

Olhei-o perplexo, incapaz de acrescentar qualquer outra coisa.

— Ela me disse que se associara a você — recomeçou. — O marido dela estava em apuros, a prisão dele era questão de dias. Com a sua ajuda, ela roubou os sete milhões de francos que Max juntara para fugir.

— O senhor enlouqueceu! — gritei. — Não vá me dizer que acredita nessas elucubrações!

— Não são elucubrações. Você roubou esse dinheiro e matou Olga para não ter que dividi-lo. Para se desculpar, acusa o marido de ter estrangulado a mulher enquanto você dormia. Está querendo gozar de quem, Michel? Conte essa história para um policial ou para um delegado, diga-lhes que o crime foi cometido nas suas barbas e que você não percebeu nada, e depois explique por que foi, em plena noite, esconder o cadáver num cemitério. Se houver alguém que acredite na sua inocência, tiro o chapéu para você.

— O senhor também pegou no sono, da última vez. Por mais que o sacudisse, não havia meio de acordá-lo.

Não respondeu. Olhei-o nos olhos:

— Falando sério, acha que eu teria matado Olga por causa desse dinheiro?

— Não é porque sou psicanalista que você vai me fazer engolir uma história mirabolante, Michel.

— Pode ser, mas até hoje nunca vi um psicanalista ameaçar um paciente com uma arma automática.

Ele não pareceu gostar dessa observação.

— Não me obrigue a atirar — disse. — Juro que atiro. Diga simplesmente onde está o dinheiro.

— Sei lá! O senhor é tão tapado quanto Chapireau e Montignac! O que é que lhe deu para achar que matei Olga para roubá-la? Não sei onde está esse dinheiro! E não é porque me ameaça que vou ficar sabendo.

— Então, azar o seu.

Apontou a arma entre meus olhos. O consultório estava numa semipenumbra, e no entanto, como se um poderoso projetor o iluminasse, vi a pressão de seu indicador no gatilho. Aos poucos, aproximava-se o momento em que ninguém responderia por mais nada. Mas não senti o menor medo. Não era coragem, e sim a sensação de estar ausente, ser espectador da cena. O fato de aquela arma estar apontada para mim não tinha nenhuma importância, eu só queria saber se Zlibovic iria até o fim desse ato.

Mas os segundos se passaram sem que nada acontecesse. Em vez de acentuar a pressão, o indicador ficou imóvel no gatilho. Olhei para Zlibovic, a transformação que ocorrera me surpreendeu. Seu rosto não expressava mais nada. Assim como os lobos de meu sonho, fixava-me com um olhar que não via. Eu poderia me levantar e ir embora, ele não iria perceber. A arma continuava apontada para mim, inoperante. Parecia que o braço e a mão que a seguravam tinham abandonado o resto do corpo. O tremor que os agitava não traía nenhuma emoção, nada que se assemelhasse à perturbação que pode sentir um homem que se prepara para matar outro. Era um movimento brutal e aos arrancos, como se o braço tentasse se livrar do revólver que lhe estava colado na mão, e entendi que Zlibovic, apesar de sua aparente determinação, seria incapaz de executar a ameaça.

Abruptamente, largou a arma, que foi parar a meus pés.

— Você ganhou, não posso atirar.

Encolheu-se na manta, o que lhe deu uma aparência mais miserável que da última vez.

Por um longo momento nos observamos calados. Ele sabia que eu esperava uma explicação, mas só se decidiu após minutos intermináveis.

— Corro o risco de ter graves problemas com a justiça — disse, com voz abafada. — Precisava desse dinheiro. Esperava que você soubesse onde estava. Tentei blefar.

— Problemas com a justiça? Mas fui eu que supostamente matei Olga.

— Não tem nada a ver com Olga. Na verdade, não creio que você seja responsável pela morte dela. As coisas devem ter acontecido como você imaginou. Montignac, obviamente, é o culpado. Ela mandou fazer uma cópia da sua chave para que ele fosse escutar o que lhe dizia. O que se seguiu deve ser mais ou menos o que você contou. Fazia muito tempo que eu não encontrava um casal tão neurótico quanto aquele.

Olhava a ponta dos sapatos com um ar embaraçado.

— É uma história complicada... Eu tinha uns negócios com Max Montignac.

— Negócios?

— O Círculo Freudiano tem sérios problemas financeiros. Sem Max Montignac, teria deixado de existir. Quando o conheci, não tinha mais um centavo em caixa. Nem sequer para garantir a divulgação do boletim interno. Sem falar das dívidas. Para pagar, precisaria vender tudo e o Círculo acabaria. Quando Max se ofereceu para investir, achei que era um milagre. É verdade que a iniciativa era curiosa... ele não dava a menor bola para a psicanálise..., mas, diante de uma maravilha daquelas, não procurei saber muito mais. Graças a ele, o Círculo Freudiano se tornou em poucos meses uma das escolas mais concorridas de Paris. Lembra-se? Congressos, seminários nos melhores hotéis, formação de analistas, Max não olhava as despesas. Editávamos uma revista em papel cuchê, mais luxuosa do que as outras publicações. Os maiores nomes escreviam para nós e os pedidos de adesão afluíam. Estavam todos maravilhados. Alguns se preocuparam com a origem do dinheiro, muito em especial Charvet e Grossmann... esses dois, o que interessava para eles era o meu lugar..., mas consegui calar a boca de todo mundo contando que havia apelado para economias pessoais. Aceitaram a explicação. É triste dizer, mas mesmo entre os analistas o dinheiro e a notoriedade exercem um forte poder de atração.

Fui pegar meus cigarros no sobretudo, acendi um e voltei, sentando-me na cadeira defronte dele.

— Mas que interesse Max podia ter pelo senhor? — perguntei. — O Círculo Freudiano é uma associação sem fins lucrativos.

— Formamos um GIE, um grupo de interesses econômicos. O Círculo parecia uma empresa de formação e consultoria. Max podia aplicar ali os capitais das diversas firmas que administrava... eram tantas e mudavam tão depressa que eu me perdia... e armar todo tipo de operação financeira. Uma empresa sem fins lucrativos constituía um abrigo financeiro ideal, seus déficits permitiam diminuir a carga fiscal das outras firmas. Graças a artifícios contábeis, ele fazia transitar pelo Círculo somas importantes que escapavam do fisco e que ele depois investia em aplicações mais rentáveis. Era de dar tonteira, esse vaivém permanente de capitais.

— E o senhor caiu nessas tramóias?

— Estou pagando caro por isso. Não contente de utilizar o Círculo para seus negócios, Max também se servia dele para fins pessoais. Nem lhe conto quantas viagens de passeio, sempre em primeira classe, quantos hotéis de alto luxo, quantos cruzeiros ele fez nas nossas costas. Havia motivos de sobra para ser acusado de malversação. Tentei dar um basta, mas era ele que administrava as contas. Fazia uma verdadeira chantagem. Uma vez, ameaçou não pagar as despesas de um congresso, quando a maioria dos participantes vinha do estrangeiro, e quase sempre de muito longe. Era o mais forte, eu não podia fazer nada.

Não fiz nenhum comentário. Diante de um Montignac especialista em malversações, realmente ele não tinha peso.

— Como conheceu Max?

— Numa festa, fomos apresentados.

— Por quem?

— Um colega, mas isso não tem importância.

Não insisti. Preferia nem saber que colega estava na origem daquela história.

— E Olga? Qual era o papel dela nisso tudo?

— Encontrei-a um pouco mais tarde. Era uma mulher estranha, o ponto fraco de Max. Ela lhe infernizava a vida, mas ele não podia viver sem ela. Embora os negócios dele o obrigassem, pelo menos na aparência, a uma certa respeitabilidade, Olga se lançou no roubo de lojas. Também fui brindado com a ladainha comovente das meias-calças Chantal Thomass. O resto você conhece, ela passava os dias enchendo a paciência dos serviços de vigilância da Bernstein. Você não tem idéia do que Max ofereceu a eles para que não dessem queixa. Mas todo mundo ficou sabendo do que Olga fazia e isso era muito constrangedor para ele. Sobretudo porque começava a ter problemas com a justiça. Uma noite, durante uma recepção, ela bebeu mais do que devia e começou a descrever as sevícias que ele lhe infligia na frente de uma platéia estarrecida. Sem meias palavras, contava que o marido batia nela porque ela se recusava a fazer sexo mas que os dois gostavam disso. Max exigiu que ela se calasse, mas Olga o mandou passear, então ele perdeu as estribeiras e a esbofeteou com tanta violência que lhe abriu o lábio. Era obviamente o que ela estava procurando. Saíram da festa às pressas, sob o olhar escandalizado dos outros convidados. Max, que naquela noite esperava amaciar um homem de negócios suíço muito exigente em matéria de moral, viu um contrato importante lhe fugir das mãos. No dia seguinte, estava no meu consultório, queria a todo custo que eu tratasse de sua mulher. Nunca o tinha visto assim. Implorava, quase humilde. "Tentei de tudo com essa vagabunda", dizia, "mandei-a aos melhores especialistas. Eram sobretudo especialistas em honorários, mas quanto aos resultados: zero. Claro, poderia interná-la, tenho boas relações para isso. O problema é que não posso viver sem ela, está entendendo? Seria capaz de escalar os muros da clínica para vê-la. O que lhe peço é que a torne uma pessoa sensata, para evitar que o escândalo de ontem à noite se reproduza." Em suma, queria que eu lhe fabricasse uma esposa sob medida, a quem poderia continuar espancando em particular mas que seria digna em público. Era ele que devia se tratar. Aliás, foi o que lhe propus, não comigo, é claro, mas com um colega. "Abrir-me com um sujeito que não conheço!", gritou. "Sei o que são essas terapias de vocês. Tem que se dizer tudo o que vem à cabeça. Se a certa altura eu pensar na grana que escondi no Luxemburgo ou na manobra financeira que me permitiu enganar o fisco, teria que contar ao seu colega? Acha que sou idiota? Quem me garante que ele não vai repetir isso para um delegado ou que não vai me chantagear?" Depois disso, explicou-me que tinha amantes com quem tentava esquecer a mulher, coisa que achava que ia conseguir. Enquanto isso, pensava que era Olga que devia se tratar. Essa exigência vinha junto com ameaças financeiras, não tive outro jeito senão aceitá-la, embora sabendo que não adiantaria nada.

— Aceitou Olga para uma terapia?

— Achei que pararíamos depois de duas ou três sessões, mas estava enganado. Aliás, sempre estive enganado a respeito dela, havia de minha parte uma curiosa persistência no erro. Veio me ver com uma assiduidade que me surpreendeu. Era uma mulher pouco culta, mas inteligente. Você deve ter reparado. Não sei se lhe contou, seus pais viviam miseravelmente em Odessa. Depois de conseguirem passaportes, não sei como, vieram morar na França, convencidos de que o paraíso capitalista abriria as portas para eles. Foi uma decepção. Salvo uma liberdade que não tinham como aproveitar, a vida deles era parecida com a que levavam antes. Viviam de expedientes, Olga trabalhava para sustentá-los. Tinha boa aparência e era muito ousada, e ainda por cima aprendia depressa, tanto que acabou sendo contratada como vendedora numa butique da praça Vendôme. E então tratou de abandonar essa família que vivia às suas custas. Volta e meia Max fazia compras por lá. Foi assim que se conheceram.

Parou para tomar fôlego. Parecia que os papéis estavam trocados e que era ele o analisando. À medida que ele contava, eu tinha a sensação de que um fosso intransponível se aprofundava entre nós. Terminada a sua confissão, não mais nos reveríamos. Apesar do que ele tinha acabado de fazer, senti-me triste.

— E se casaram! — exclamou. — Por quê? Talvez para dar uma aparência honrosa ao que não era honroso. Mas havia outras razões. O amor não é feito de desejos angelicais. Não é a você que vou ensinar isso, Michel. Cada um de nós reconhece no outro sua própria loucura. Uniram-se para o pior. Devia ser a única coisa que os atraía no casamento. Entregaram-se a isso com um deleite que você nem calcula. Olga era capaz de tudo para levar Max ao extremo. Logo, logo percebi que só vinha me ver com esse objetivo. Contava-me em detalhes as brutalidades de Max, não tinha pudor em rebaixá-lo, de me explicar que a violência era apenas o avesso de sua fragilidade. "Um pobre coitado", dizia, cheia de desprezo, "só serve mesmo para aterrorizar seus lacaios ou para sonegar impostos. Eu o vi chorar, arrastar-se a meus pés, e precisava bater nele, está ouvindo? Bater nele, xingá-lo para obrigá-lo a levantar a mão contra mim. E diz que tem amantes! Fico pensando o que é que faz com elas!" Claro, Max desconfiava que ela me contava isso. Mais de uma vez pensei que me encaminhara a esposa de propósito para se humilhar diante de mim e para ter bons motivos para espancá-la. Algum tempo depois, fui brindado com as visitas dele. Queria saber o que Olga me dissera. Com toda a certeza se deliciaria com isso. Claro que eu não podia satisfazê-lo. Ia embora furioso, batendo a porta, jurando que saberia puxar pela língua daquela vagabunda. Outras vezes, aparecia no consultório quando ela estava aqui, começava a xingá-la e a surrá-la na minha frente. Era a maior dificuldade apartá-los. Isso não podia mais durar. Finalmente, aceitou que eu encaminhasse Olga para outra pessoa.

— E essa outra pessoa fui eu! O senhor se livrou dela despachando-a para o meu divã.

— Compreendo a sua reação, Michel, mas a questão não diz respeito só a mim. Você também é responsável pelo que aconteceu.

— Eu! E por quê?

— Você veio me ver para uma análise, justo quando eu estava pensando para onde ia mandá-la. Pensei em você, achei que depois de algumas sessões você a despacharia. Seria a atitude mais coerente. Para minha grande surpresa, não foi o que você fez. O que não previ. Estive sempre enganado a respeito de Olga, mas pelo visto também a respeito de você. Apesar dos problemas que ela lhe criava, você continuou a recebê-la. O que é que eu podia fazer?

Não sabia o que responder. Ele estava certo. Contra todas as probabilidades continuei a receber aquela mulher.

— Podia ter me dito que era uma indicação sua.

— Por que faria isso? Ela também não lhe disse nada. Com ou sem Olga Montignac, há uma deontologia na nossa profissão, válida para todo mundo.

— Depois do que acaba de fazer, o senhor não é das pessoas mais indicadas para falar de deontologia. Por que agiu dessa maneira? Queria saber o que é que acontecia com Olga?

— Em parte — admitiu. — Embora estivesse oficialmente em análise com você, Olga vinha me visitar com regularidade. Tinha prazer em me contar o que acontecia no seu divã. Também deveria tê-la posto na rua, mas não fui capaz, assim como você. Essa mulher tinha uma capacidade fantástica de se aproveitar das fraquezas dos outros para se meter na vida deles. Um pouco como na Joalheria Bernstein, para onde, apesar de todos os riscos que corria, ela voltava. Você conhece bem isso. Pensei que seria uma experiência curiosa... é verdade que não muito ortodoxa... ter o ponto de vista do terapeuta e o da paciente. Mas de novo achei que isso não duraria, que quando Olga parasse de ir vê-lo, a sua análise comigo retomaria um aspecto, digamos, mais normal. O que não aconteceu, e não ousei lhe dizer do que se tratava.

— E essa história de chave? — perguntei. — Ela mandou fazer uma cópia para o marido. O senhor sabia que ele vinha espionar na minha sala de espera. Os dois passaram por cima de mim, e o senhor deixou que isso acontecesse.

— Está enganado, Michel, quando vi que a coisa estava indo longe demais, pedi a Olga que desse um fim a essas excentricidades. Mas ela não me escutou, sentia imenso prazer nisso.

— O senhor também, imagino.

Mais uma vez fixou a ponta dos sapatos.

— Sempre pensei, Michel, que nada era definitivo, que sempre podíamos nos descobrir diferentes do que pensávamos ser. Vou fazer oitenta anos, é uma idade respeitável, não é? No entanto, mesmo na minha idade a vida pode nos pregar peças curiosas. Julgava-me um cientista, um intelectual desejando que a causa a que dediquei a vida progredisse. E eis que de tanto conviver com Max e Olga me deixei agarrar pela loucura deles e me tornei incapaz de assumir o lugar que deveria ter sido o meu: o do analista. Olga me contava o que acontecia no seu consultório. Adorava que Max assistisse a essas sessões. Mas você tampouco era de todo inocente. Parece que a sua tendência a pegar no sono foi se agravando, e você dormia cada vez mais tempo, o que poderia me levar a supor que, em algum ponto, essa situação lhe agradava.

Tive vontade de mandá-lo às favas com as suas interpretações, mas me faltou coragem.

— No que diz respeito a mim, quanto mais o tempo passava, mais eu me deixava envolver no jogo, como se eu mexesse os cordões. Na verdade, não era nada disso. O que percebi quando os relatos de Olga e os seus começaram a divergir. Era o momento em que tudo estava dando errado para Max. Seus apoios políticos o abandonaram, o delegado tinha carta branca para mandá-lo prender. Olga me avisou que o marido preparava uma fuga para o exterior e que por isso estava juntando dinheiro. Seis ou sete milhões, mais, se pudesse. Não havia por que não acreditar nela. Alguns dias antes, o banco me assinalara importantes saques nas contas do Círculo Freudiano. A curto prazo, iria deparar com uma situação financeira ainda mais delicada que antes de meu encontro com Max. Para enfrentar as dívidas que ele acumulara, precisava vender tudo, a sede, a revista, o centro de formação, tudo. Nada garantia que isso bastasse, e quando a contabilidade de Max fosse investigada, eu corria o risco de ser acusado de cumplicidade em malversação. Tinha pelo menos que salvar os móveis. Propus a Olga que pegasse aquele dinheiro. Prometi-lhe uma divisão equânime, ela riu na minha cara. Disse que já tinha se associado a você.

— E o senhor acreditou! — exclamei. — Para um psicanalista da sua categoria, é espantoso. Há pouco disse que se deixou levar pela loucura de Max. E até adotou os valores dele! Pelo que está dizendo, tudo não passa de manipulações, mentiras, armadilhas, sócios que se eliminam. Está longe o tempo em que dizia àquele miliciano:

"Tudo o que posso fazer, meu velho, é ajudá-lo a morrer dignamente".

— Também nisso você se engana, Michel, eu desconfiava de Olga. Estava certo que você não tinha nada a ver com aquilo.

— Então, de onde lhe veio a idéia de que o dinheiro estava comigo?

— Fui ver Max para negociar uma parte do dinheiro. Não queria ficar encalacrado quando ele fugisse para o exterior. Encontrei-o furioso. Os sete milhões tinham desaparecido. "Estavam no cofre!", ele berrava. "Foi a vagabunda que roubou! Tenho certeza. Seria capaz de roubar os tesouros do Vaticano!" E foi logo me acusando de ser cúmplice. Não consegui desfazer o mal-entendido, mas, na hora, pensei em você. Max tinha sido roubado, Olga estava morta, você podia ter ficado com o dinheiro. Parecia pouco provável, mas quis tentar a sorte, com o resultado que você acaba de ver — acrescentou, mostrando-me a arma ao pé do divã.

— Talvez Max tenha mentido para não ter que negociar.

— Não, tenho certeza que Olga pegou esse dinheiro. Onde o escondeu? Provavelmente jamais saberemos. Levou o segredo para o Père-Lachaise.

Uma dúvida me cruzou a mente. Pensei no homem que brigava com Max na avenida de Montespan.

— Quando foi ver Max? — perguntei.

Seu rosto se fechou.

— Não tem a menor importância — disse.

Depois, livrou-se da manta e se levantou. Era de uma magreza horrorosa. As roupas dançavam em torno dele, como se em poucos dias tivesse perdido a metade de seu peso. Tinha inclusive dificuldade para ficar de pé.

— É melhor parar por aqui, Michel. A sessão terminou, sua análise também, creio. Comigo, pelo menos. Não teremos mais ocasião de nos rever. Desta vez é definitivo. — Acompanhou-me até a saída e me apertou a mão. — Há pouco — disse — você evocou minha atitude com aquele miliciano. Foi-se o tempo, Michel. Passei a vida escutando os outros, interrogando seus desejos e os meus. Os pacientes encontravam as respostas que podiam e iam viver sua vida em outro lugar. Eu ficava grudado nesta poltrona, com montes de perguntas e sem muitas respostas. Na nossa profissão a gente desconfia das respostas. Há colegas que inclusive se vangloriam de não ter nenhuma. De tanto lidar com isso, a gente acaba acreditando que a verdade, aquela que procuramos, está no silêncio, ou até mesmo que não existe... o que é possível... e que não passa de um fantasma que cada um cria como quer, contanto que se sustente. Atravessamos o mundo como sonâmbulos. Os que fizeram análise conseguem de vez em quando abrir um olho. Você vai me dizer que já é muito, e não está errado...

Estava visivelmente exausto. Apoiou-se na parede e por um instante buscou as palavras.

— Se soubesse de tudo o que escutei neste consultório! O que, porém, não me impediu de fazer como a maioria das pessoas. Era ambicioso, quis fazer escola, casei-me, tive filhos. E, depois, minha mulher me deixou. Foi viver num kibutz perto da fronteira libanesa. O barulho dos torpedos Katiucha devia lhe parecer mais humano do que as minhas cogitações. Quanto a meus filhos, cresceram. Às vezes lembram que existo e vêm me ver. Foi meu encontro com Max que mudou tudo. Deu-me a sensação de imobilidade. O mundo girava, Max e Olga dançavam com ele, viviam no limite, numa cratera em erupção. Diante deles, senti-me acabrunhado, tão avaro de palavras como de paixões. Tive medo de acabar meus dias na poltrona, e então quis entrar na sarabanda. Para ir me juntar aos meus semelhantes me misturei às suas loucuras, financiei uma sociedade de psicanálise graças a malversações... E foi assim que deixei de ser analista. — Fez nova pausa, e depois: — Você não é obrigado a fazer o mesmo, Michel. Nos dias de hoje, nossa prática não é um luxo. A não ser que seja o único luxo que ainda nos sobra. Há pouco você dizia que vivemos numa selva onde só existe espaço para feras como Montignac. Não se trata de mudar o mundo, não temos vocação para isso. Além do mais, as revoluções custam caro. Nossa vocação talvez seja escutar essa selva, permitir que um discurso humano se imponha. Não é necessariamente um espaço muito divertido. No fundo, o analista é um santo. Segundo Lacan, quanto mais somos santos, mais nos divertimos. Bem, Michel, agora vá embora... e não pense muito no Homem dos Lobos.

— O que o senhor vai fazer? — perguntei, à porta.

— Não se preocupe comigo. O seu negócio é se fingir de santo. Se um dia conseguir pôr a mão nesses sete milhões, tente fazer bom proveito. Adeus, Michel.

Essa recomendação me surpreendeu. Mas ele já fechara a porta atrás de mim.

Lá fora estava um frio glacial.

Ajeitei o casaco e fui para o Volvo, estacionado pouco mais adiante. O porta-malas ainda não tinha sido consertado; pensei que já era hora de tratar disso.

* * *

Dois dias depois, fiquei sabendo pelos jornais do suicídio de Zlibovic. Matou-se com um tiro na boca. A reportagem, extremamente elogiosa, lembrava que, de Freud a Lacan, ele participara de quase todos os movimentos fundadores da psicanálise, a ponto de se identificar com ela e de lhe dedicar sua existência. O Círculo Freudiano que criara anos antes era apresentado como um santuário do pensamento contemporâneo. Assim, devia-se deplorar seu desaparecimento trágico. Sobre os motivos do suicídio, pouca coisa. A reportagem se contentava em lembrar sua solidão e a idade avançada, e atribuía seu gesto a uma provável crise de depressão. Não era totalmente falso. Talvez Zlibovic tivesse se suicidado por ter assumido a responsabilidade de minha própria depressão. A gente tem os pacientes que merece, dizia Florence. Mas até onde se tem o analista que se merece?

Larguei o jornal, dividido entre a tristeza e uma curiosa sensação de angústia, e foi então que Chapireau me ligou.

— Pode dar um pulo na delegacia agora mesmo? — disse, segundo a fórmula que se tornara um ritual entre nós.

Mandaram-me entrar no cubículo glacial onde eu havia esperado durante a convocação anterior. Atrás de uma mesa estava o mesmo policial à paisana. Do outro lado, um sujeito parecia lhe ditar um depoimento. Falava com voz arrastada, suas palavras eram incompreensíveis. Parecia recitar um poema surrealista. Mas o policial nem ligava. Escrevia o que lhe diziam, sem se preocupar com a coerência.

— *Ashen lady* — repetia o sujeito na frente dele —, tinha que enterrá-la ao lado de Jim, sem a menor dúvida, ela vai salvar a cidade.

Fiquei arrepiado. O disc-jóquei! Tive a impressão de que tudo desmoronava ao meu redor. Chapireau descobrira a verdade. Agora eu não escaparia.

De uma só vez, os pensamentos que tinham me assaltado ao descobrir Olga morta debaixo do divã me voltaram à mente. Se alguém acreditar na sua inocência, tiro o chapéu para você, dissera-me Zlibovic. Tinha razão, eu não devia esperar nenhuma indulgência de Chapireau. Iriam me levar até em casa, com os pulsos algemados, para reconstituir os fatos, revirariam tudo, papéis, arquivos. Iriam me bombardear com perguntas, as mesmas o tempo todo, talvez fossem também incomodar meus pacientes. Amanhã, ao lado da minha fotografia, a imprensa daria a manchete PSICANALISTA ESTRANGULA PACIENTE! E hoje à noite, pela primeira vez na vida, eu dormiria na prisão.

Em pânico, quis fugir, correr o mais longe possível, fora dali, fora do alcance de Chapireau, de seu inquérito, de seus interrogatórios. Preparava-me para bater em retirada quando o policial se virou para mim.

— O delegado vai recebê-lo — resmungou, apontando-me uma cadeira.

Fingi não escutar e continuei a manobra de recuo. Diante da porta, um policial fardado me barrou a passagem.

— Está surdo, droga? — irritou-se o sujeito à paisana —, já lhe disse para sentar aí.

Obedeci, vencido.

O disc-jóquei estava de costas para mim. Continuava seu inacreditável depoimento, misturando textos de Jim Morrison com absconsas reflexões metafísicas. Eu receava que a qualquer momento se virasse e me reconhecesse. Mas não se virou. De qualquer maneira, isso não tinha a menor importância: dali a pouco seríamos acareados e eu não via o que poderia dizer em minha defesa. Enquanto isso, o outro ia escrevendo sem titubear as explicações mais delirantes.

Cerca de vinte minutos depois, abriu-se a porta da sala de Chapireau.

— Entre — disse ele —, afastando-se para me deixar passar. — E acrescentou: — Encontramos Olga Montignac.

Convidou-me a sentar. Mas, em vez do interrogatório cerrado que eu esperava, disse com ar contrito:

— Quero lhe pedir desculpas, essa mulher me confundiu completamente. Eu estava convencido de que ela havia assassinado Max, mas era impossível: Zlibovic a matou dois dias antes.

— Quê?

A surpresa foi tanta que me levantei. Ele fez sinal para que eu tornasse a sentar, depois me mostrou um maço de folhas manuscritas em que reconheci a letra de Zlibovic.

— Está espantado, hein? Mas é a verdade. Ele nos mandou esta carta antes do suicídio. Foi graças a isso que descobrimos onde Olga Montignac estava escondida, ou melhor, seu corpo. Ele a enterrou numa sepultura do Père-Lachaise.

— Não é possível — murmurei, estarrecido com o que acabava de ouvir.

— Eu tampouco queria acreditar, mas tive que me render ao óbvio. Tudo o que diz na carta é exato. Entrou no cemitério com a chave de um de seus ex-pacientes, um habitué do Père-Lachaise. Deve ter se livrado da chave depois: apesar de todas as buscas, não conseguimos encontrá-la. No mais, tudo coincide. O trajeto feito desde a entrada, na rua du Repos, até a sepultura de um tal de Serguei Prévot, a barra de ferro que serviu para empurrar a lápide, Olga Montignac escondida lá dentro. É evidente que não podia ter feito tudo isso sozinho, e interpelamos o cara que o ajudou nesse serviço macabro. Um doido varrido que fica zanzando de noite em volta do túmulo de Jim Morrison. É ele que está sendo interrogado na sala ao lado. Quando terminar, vamos mandá-lo para um hospital psiquiátrico, o que vai evitar que seja processado por profanação de sepulturas. Em todo caso, ele reconheceu Zlibovic quando lhe mostramos o corpo no necrotério. Você vai me dizer que, tendo em vista o estado em que se encontra, teria reconhecido até a própria avó, mas o principal é que o testemunho corrobore a confissão de Zlibovic.

Não sabia o que dizer. A chave com que entrei no cemitério ainda estava no meu bolso. No mais, como dizia Chapireau, tudo coincidia. Zlibovic tinha escrito o que eu lhe contara no divã. Encarregara-se não só da minha depressão, mas sobretudo da minha aventura com Olga. E, além do mais, atribuiu o crime a si próprio, o que talvez fosse mais prático para a polícia. Essa maneira post-mortem de se desculpar diante de mim me deixou sem palavras.

— É uma história curiosa — recomeçou Chapireau, balançando a carta de Zlibovic. — Aos oitenta anos, esse sujeito se apaixona por Olga Montignac. É mais que um desses saçaricos de velho, é dinamite pura. Primeiro, recebeu Olga no consultório. Quando não agüentou mais, pensou em se livrar dela encaminhando-a para você, mas foi mais forte que ele, não conseguiu deixar de revê-la. Deve ter penado com ela. O que nos conta sobre isso não é brincadeira. Em suma, segunda-feira passada, num acesso de loucura assassina, estrangulou-a. O que foi confirmado pela autópsia. E guardou o corpo quase quatro dias em casa antes de enterrá-lo, já imaginou?

— Devia estar se sentindo muito mal para agir dessa maneira.

— A meu ver, não se decidia a se separar dela. Esse tipo de atitude, meio necrofílica, é mais freqüente do que se pensa. Se você lesse os arquivos da polícia, ficaria impressionado. Tudo isso lhe subiu à cabeça, a tal ponto que eliminou também o marido.

Dessa vez não reagi. Tinha desconfiado quando Zlibovic me disse que o encontrara para negociar as dívidas do Círculo Freudiano.

— Também quanto a isso não há nenhuma dúvida. Foi ele que chamou a polícia depois do crime. Não podia conhecer esse detalhe do telefonema, pois a imprensa não o mencionou. E, mais que isso, suicidou-se com a arma que matou Montignac. Por que fez isso? Na carta é muito evasivo. Talvez por causa do que aconteceu com Olga. Nos casos passionais, todo mundo paga o pato, a amante, a esposa, o marido, o amante. Todos aqueles que, de uma forma ou de outra, estão envolvidos. Além do mais, havia entre eles um contencioso sobre a gestão financeira do centro psicanalítico. Era Montignac que cuidava disso. A seu modo, é claro. Zlibovic se deixou dominar totalmente. Malversação, operações financeiras ilícitas, falsidade ideológica, desvio de fundos, era desse jeito que funcionava o Círculo Freudiano. Puro Montignac, escarrado e cuspido. Mesmo se não tivesse nada a ver com a gestão, Zlibovic deveria responder por ela. Era o responsável oficial dessa sociedade. Motivos para matar Montignac não faltavam, você sabe.

Levantou-se e eu o imitei.

— Depois desse duplo assassinato, só lhe restava o suicídio como saída honrosa — disse num tom fatalista. — Seja como for, o caso está resolvido. Se descobrirmos o dinheiro desviado por Montignac, vamos pagar os credores. Mas não tenho ilusões, agora ninguém sabe onde a grana está escondida.

Acompanhou-me até a porta da sala.

— Ele era seu analista? — perguntou, apertando-me a mão.

— Era... e meu amigo também.

— Deve ser difícil para você. Vamos dar um jeito para que a história não se espalhe. É inútil sujar a memória dele. É o mínimo que devo a você, depois de todas as chateações que lhe causei.

Achei que havia uma certeza exagerada nas suas conclusões. Talvez ele não fosse nenhum trouxa e estivesse se sentindo aliviado por me inocentar.

Como que para confirmar essa impressão, acrescentou:

— A gente podia almoçar um dia desses... Quem sabe você não me diz por que me ligou com tanta insistência na semana passada...

Concordei, evasivo.

Antes de nos despedirmos, perguntei:

— Como conseguiu o depoimento de Mai-Li?

— Ameacei mandá-la de volta para o Camboja.

Olhei-o horrorizado.

— E mandaria?

Ele ficou meio sem jeito.

— Só ameaça. Você conhece a polícia.

De fato, eu começava a conhecê-la. Agradeci, e depois de novo aperto de mão saí de sua sala.

Na sala ao lado, o disc-jóquei elogiava os méritos da aparelhagem de som que permitia, graças à opção timing-synchrone, dormir ou acordar com a música das estações memorizadas, que eram percorridas automaticamente.

Quando me viu, encarou-me com um olhar indiferente.

Lá fora, mal reparei no frio.

Andei até minha casa como um sonâmbulo, ao mesmo tempo grogue e me sentindo liberado pelo que Zlibovic fizera por mim. Mas eram três horas da tarde e os pacientes não iam demorar.

Na rua de Dunkerque, os lixeiros bloqueavam o trânsito. Ao me aproximar deles, joguei a chave do Père-Lachaise numa lata de lixo cujo conteúdo desapareceu logo em seguida na caçamba do caminhão. Depois fui correndo para casa a fim de não deixar os pacientes esperando.

Os neuróticos da quarta-feira se sucederam sem que nada de extraordinário acontecesse. De uma primeira conversa "para ver" até o estágio de sobrevivência que me era encaminhado pelo hospital, deparei com a mesma dificuldade de viver e com as mesmas dúvidas quanto à necessidade de fazer um tratamento a sério. Vivemos à escuta da selva, dissera-me Zlibovic. A fórmula me convinha, mas, pelo que eu andava escutando, a selva ia muito mal.

O último paciente foi embora lá pelas seis da tarde. Meu encontro com Florence era às oito. Saí do consultório, deitei-me, como costumava fazer, no sofá da sala e liguei o rádio. Na France-Musique estavam tocando o *Miserere* de Allegri. Isso me afastava de Jim Morrison e do Père-Lachaise. O *Miserere* era uma de minhas músicas prediletas. Gostava da solenidade dos coros, da gravidade lancinante com que se elevava, como que transportada por eles, uma voz de contratenor de uma pureza absoluta. Por quase dois séculos foi interpretado na Capela Sistina. Iam apagando aos poucos as velas e a escuridão, envolvendo de mistério esses cantos, conferia-lhes um toque suplementar de divindade. Apesar do aspecto religioso, eu achava essa música de uma sensualidade extrema. Ela me limpava de tudo o que eu sofrera naqueles últimos dias, e poderia ter ficado horas escutando-a não fosse uma idéia que me veio à mente. Uma idéia maluca, que meu banco não apreciaria se ficasse sabendo dela. Mas, no ponto em que eu estava, isso não mudava muito.

Desliguei o rádio, subi para o consultório, peguei os vinte mil francos de Olga, depois apanhei o sobretudo e fui quase correndo até o meu carro estacionado defronte do Jacques-Decour.

Uma hora depois, estacionei na esquina da rua Scribe com a rua Auber. Diante de mim, construída com a mesma pedra dos prédios da época de Haussmann, erguia-se a fachada altiva e vistosa de um edifício. O luminoso imenso que ficava acima da entrada criava como que um orifício iluminado na noite. Era formado por duas palavras que não podiam ser mais familiares para mim: JOALHERIA BERNSTEIN.

Uma multidão circulava lá dentro. Com a proximidade das festas de fim de ano, a loja vivia cheia. Por todo lado painéis informavam que ficava aberta até as dez da noite. A exemplo da Tiffany's de Nova York, fora concebida nos moldes de um supermercado, com a intenção declarada de fazer concorrência às joalherias da praça Vendôme e da rua de la Paix, bem próximas. Na época, isso provocou uma chuva de protestos, sobretudo no seletíssimo Comitê Vendôme, que, erigindo-se como guardião do templo, temia que esse tipo de comércio prejudicasse a excelência do bairro. Em vários andares e em centenas de metros de balcões, havia jóias suntuosas, verdadeiras peças de ourivesaria para alguns. Nenhum dos grandes nomes da joalheria de prestígio estava ausente: Van Cleef & Arpels, Cartier, Mauboussin, Chaumet, Boucheron, aos quais se somavam os nomes inevitáveis do comércio de luxo, como Beaume et Mercier, Rolex, Piaget, na relojoaria, ou Saint-Laurent, Vuitton, Hermès, Dior, para os artigos de couro e de seda.

Era lá que Olga Montignac exercia seus dotes. Passando defronte da seção de lenços, lembrei-me de como escondera ali um anel de trinta mil francos, para apanhá-lo mais tarde. Ao ver todas aquelas câmaras ostensivamente instaladas por toda parte, sem falar dos seguranças, alguns facilmente identificáveis pelo jeitão de falsos clientes, precisei reconhecer que ela era bem atrevida.

Mas não estava fazendo uma peregrinação pelos santuários de uma neurótica. Fui atraído por uma seção em especial. Numa vitrine estava exposto um magnífico par de brincos incrustados de esmeraldas. Custava doze mil francos. Não vacilei e foi quase exultante que pedi à vendedora que o embrulhasse para presente. Depois, paguei com o dinheiro de Olga e fui embora.

Na hora em que ia saindo da loja, vi, sentada a uma mesinha, a professora de matemática, que examinava as jóias — particularmente relógios — que a vendedora lhe mostrava. Não acreditei no que vi. Será que estava ali para reconhecimento de terreno ou decidira passar sem demora aos JaegerLeCoultre de ouro maciço? Ao contrário de Olga, não tinha jeito de ser uma freqüentadora assídua das butiques de luxo. A vendedora parecia saber disso, pois a olhava com uma cara desconfiada. Fez um sinal discreto para um sujeito vestido de terno azul-marinho, provavelmente um chefe de seção, o qual se aproximou com outro sujeito que parecia ser um segurança. Não sei se a professora de matemática os viu, mas não deixou transparecer nada e continuou a se interessar pelas peças que lhe mostravam. Fiquei curioso para saber o que ia acontecer, mas não me agradava espioná-la. Com toda a certeza, no dia seguinte ela iria me contar o que acontecera. Se não viesse, também seria um indício.

Lá fora, parei de pensar nela.

Apesar do frio, tinha muita gente na rua. Estávamos a poucos dias do Natal, as pessoas se acotovelavam diante dos cinemas e dos restaurantes ou faziam correndo suas últimas compras. Eu ainda tinha uns quinze minutos antes do encontro com Florence. O Grand Café Capucines ficava perto, eu podia ir a pé.

Não me apressei. Não que me divertisse particularmente no meio daquela multidão, mas talvez, por ter gasto mais do que o previsto, fiquei pensando nos sete milhões roubados por Olga. Tendo em vista o estado de minhas finanças, esse dinheiro viria a calhar. Segundo Chapireau, o melhor era esquecê-lo. Será que tinha razão? Enquanto fazia essas reflexões, mais de uma vez me flagrei perambulando sem rumo.

10

O Grand Café Capucines estava cheio quando entrei. Os garçons de paletó branco iam e vinham entre as mesas, carregando enormes travessas de frutos do mar e pratos de peixes. Diligentes, misturando-se ao zunzum da sala, davam como que um ar alegre ao restaurante.

Florence me esperava na mesa do fundo, onde costumávamos nos sentar. Achei sua expressão cansada e tensa. Diante dela havia um maço de Marlboro, já sem vários cigarros.

— Voltou a fumar? — observei, sentando-me na sua frente.

— Eles eram tão irritantes em Chicago com sua campanha antitabagista que me deu vontade de recomeçar.

O garçom que veio anotar o pedido não lhe deu tempo de se estender sobre esse capítulo.

— Você não está com uma cara nada boa — eu disse quando o garçom foi embora.

— É que estou exausta, a diferença de fuso horário... faz duas noites que não durmo.

Eu também não tinha dormido muito nos últimos tempos, mas não estava com vontade de lhe contar minha vida. Observei que poderíamos ter adiado aquele jantar, mas ela respondeu que estava tudo ótimo.

— E, além disso, estou contente em vê-lo — disse sorrindo.

Retribuí o sorriso. Apesar de seu aspecto febril, estava sedutora. Sabia disso, e jogava muito eficazmente com essa sedução, inclusive com os pacientes, o que nem sempre facilitava as coisas. Nessa noite, fazia o gênero simples, maquiagem discreta, cabelos presos com elástico, casaco de veludo cinza-chumbo sobre a camiseta branca e jeans para valorizar a silhueta. Nada muito requintado, mas pelos olhares que os garçons lhe davam era claro que sua sedução produzia efeito.

— E o congresso em Chicago, como foi?

— Decepcionante, os americanos são uns amores, mas têm uma concepção aberrante da psicanálise.

E se desdobrou em críticas acerbas aos colegas dos Estados Unidos. Não contentes em ter adaptado Freud ao tempero norte-americano com as suas terapias pragmáticas, que supostamente liquidariam com rapidez qualquer sintoma, agora estavam se prevenindo juridicamente contra os pacientes insatisfeitos. Além disso, para os que sofriam de síndrome securitária, o problema maior da análise era a posição do divã em relação à poltrona e à porta do consultório. Se não houvesse uma porta de saída desimpedida, nenhuma companhia de seguro pagaria as despesas de hospitalização em caso de um *acting out* violento.

— É esse mais ou menos o nível de reflexão deles — disse. — São melhores para os processos do que para a psicanálise. Essa gente seria capaz de domesticar a peste. Imagine que em Nova York existe uma espécie de serviço freudiano para os golden-boys apressados. Uma limusine, com divã e poltrona, passa para pegar o paciente em casa. Enquanto o chofer o leva para Wall Street, o analista escuta suas desgraças. Claro, a duração da sessão depende do trajeto e dos engarrafamentos. Você se imagina largando o paciente em pleno Bronx porque acha que terminou a sessão?

Desabonar as terapias anglo-saxônicas parecia tê-la animado um pouco. Imaginei que não tardaria a escrever um artigo devastador sobre a psicanálise made in USA.

Um garçom chegou com a garrafa de riesling num balde de gelo. Serviu-me um fundo de copo, e depois de obter minha aprovação encheu o de Florence.

— À sua, e a Chicago — eu disse, levantando o copo.

— Como é que foi em Paris?

— Estive com Mathieu, passamos um excelente fim de semana, ele estava radiante de ir ver *Este mundo é um hospício*. Fora isso, nada de especial, a não ser...

— Zlibo? — ela cortou.

— É, fiquei sabendo hoje de manhã. Deu pena. Não imaginei que minha análise com ele terminaria tão tragicamente. Na verdade, não entendo como ele...

— Quando entender, seu trabalho de luto estará terminado.

Cqd. Mesmo cansada, Florence tinha resposta para tudo.

— Para você, é fácil falar — disse. — Você andava meio afastada dele.

— Ele estava ficando gagá e tirânico. Sua gestão do Círculo Freudiano estava beirando a catástrofe. Em vez de ter se nomeado cônsul vitalício, seria melhor que tivesse passado o cargo.

— Era isso que você recriminava nele?

— Zlibo me horrorizava quando se julgava a própria história da psicanálise. Tudo bem, ele conheceu Freud, Marie Bonaparte, Ernest Jones etc. etc., mas já era hora de se aposentar, o que teria evitado que ele acabasse dessa maneira.

Preferi não dizer nada. O garçom fez uma pausa bem-vinda ao chegar com nossos pratos: robalo grelhado para Florence — pelo visto, só queria comer isso quando ia àquele restaurante — e linguado meunière para mim. Pôs os pratos na nossa frente e foi embora depois de nos desejar bom apetite.

Mas mal toquei na comida. As palavras e o tom peremptório de Florence criaram tamanho mal-estar que o resto do jantar se passou em banalidades destinadas a dissipá-lo. Amigos comuns, tempos difíceis, avanço da extrema direita, deliqüescência da classe política, último livro que tínhamos lido, rivalidade das escolas freudianas, éramos incapazes de ficar mais de dois minutos no mesmo assunto. Florence parecia estar na defensiva. Seu tom era nervoso, falava aos arrancos. Não entendia o que a deixava nesse estado. Será que queria que eu esquecesse suas palavras sobre Zlibovic apelando para considerações sem o menor interesse a respeito de qualquer bobagem? A não ser que estivesse sentindo o cansaço do jet lag, como alegava. O fato é que o jantar começou a me aborrecer, e fiquei louco para que terminasse.

— E seus pacientes? — perguntou.

— Nada de extraordinário desde que você viajou — respondi, evasivo —, a rotina, de um lado as análises de longo prazo, de outro os estágios de sobrevivência com os especialistas do fracasso, você conhece a ladainha: fracasso escolar, fracasso profissional, fracasso sentimental, depois fracasso terapêutico e tentativa de suicídio, e depois, de novo, estágio de sobrevivência. Os tempos são duros para os neuróticos...

— Você está avançando com a sua cleptomaníaca?

Essa pergunta me surpreendeu, nunca tinha lhe falado da cleptomania de Olga.

— Foi Charvet que lhe contou? Realmente, as notícias circulam depressa — observei, contrariado.

— Ele... ele fez uma vaga referência — gaguejou.

Achei estranha a sua atitude. Queria me esconder que eram amantes? Mas ela já passara da idade de esconder esse tipo de coisa. Como se tivesse compreendido as razões de meu espanto, esclareceu:

— Encontrei-o ontem... Tínhamos que terminar um trabalho.

— Encontrou-o ontem? Achei que ele tinha lhe telefonado de Viena. Está lá até o fim da semana, num seminário.

Ela ficou toda vermelha e quase derrubou o copo. Era a primeira vez que a via tão atrapalhada.

— Bem, quer dizer... por telefone. Queria uns detalhes sobre um artigo — balbuciou, cada vez mais embaraçada.

Era evidente que estava mentindo. Charvet não tinha lhe telefonado. Além disso, eu me enganara, eles não deviam ser amantes, do contrário Charvet não precisaria ter me pedido notícias dela. O constrangimento que imaginei perceber quando ele me ligou se devia ao que acontecera na reunião do nosso grupo, e não ao interesse dele por Florence. Por que ela mentia? Uma suspeita aflorou de repente. Uma suspeita que achei tão inacreditável que, num primeiro momento, quis afastá-la, mas ela se impôs com a força de uma certeza.

— Foi Max Montignac que lhe contou que minha paciente era cleptomaníaca? — perguntei abruptamente.

Parecia que eu acabava de lhe dar uma surra.

— Do que você está falando? — disse com voz apagada.

— Você conhecia esse sujeito. Só pode ter sido ele que lhe contou que a mulher era cleptomaníaca.

Dessa vez, transfigurou-se. Pegou um cigarro e o acendeu com a mão trêmula, evitando olhar para mim.

— Realmente eu comentei isso com Charvet — continuei —, mas não foi ele que lhe contou. Você nem sabia que ele estava em Viena.

— E daí?

— E daí?... A não ser ele, duas pessoas sabiam: Zlibo e Montignac. De Zlibo você andava afastada, resta Montignac. Está pensando em mais alguém?

— Em mais ninguém — disse com voz firme de novo. — Tem razão, eu conhecia Max... Ele foi meu amante.

— Seu amante!

— Espantou-se, hein? Na sua opinião, para que um homem me interesse tem que ter dez anos de estudos ou tem que ter passado a metade da vida fazendo análise?... Pensando bem — acrescentou num tom um pouco mais calmo —, com a situação que enfrentava, Max devia ter feito análise a vida inteira. No entanto, foi meu amante. Preferi que você não soubesse de nada, por causa da mulher dele. Mas paciência. No fundo, é sempre por meio de uma gafe que a verdade se manifesta. Achava que eu tinha um caso com Charvet, não é? É verdade que dormimos juntos duas ou três vezes, mas só isso... Com Max era diferente, conheci-o voltando de uma conferência em Genebra. Estava ao meu lado no avião. Literalmente me atacou. Senti uma espécie de atração animal por ele. Na mesma noite dormimos juntos.

Eu não acreditava no que ouvia. Florence dormindo com Max! O que é que a jogara nos braços daquele homem? A atração animal, como dizia? Max contara a Zlibovic que procurava compensar com outras mulheres as frustrações que sentia com Olga. Florence obedeceria aos mesmos motivos? Costumava debochar dos intelectuais honestos e conscienciosos com quem saía de vez em quando, e dizia coisas — como se se referisse à nossa timidez quando nos casamos — pouco lisonjeiras sobre o desempenho amoroso deles. "Tão pudicos quanto Freud", dizia. Max seria um antídoto? Pelo visto, o mundo inteiro tentava se curar de alguma coisa. Max queria se curar de Olga, que talvez tivesse tentado se curar dele no meu divã, e sem dúvida era exatamente o que eu fazia com Rebecca, que, por sua vez, devia fazer o mesmo comigo. De certa forma, a dificuldade de viver nos jogava uns nos braços dos outros. E a psicanálise estava na encruzilhada dessas flutuações, regulava-as o melhor possível, um pouco como um trevo rodoviário num dia de tráfego intenso. Nem sempre evitava os acidentes, como o de Olga, mas prevenia alguns. Ainda assim, descobrir em Florence o mesmo fascínio que eu e Zlibovic sentíamos por gente tão vulgar me consternou. Os filhos de Freud estavam enlouquecendo?

— Só que a vida com um homem não se passa apenas na cama — continuou. — Max era sedutor... se o tivesse conhecido, concordaria comigo... mas só podia viver como um novo-rico. Achava que ia me encher os olhos quando me recebesse no seu palacete. Mas não sou do gênero que se deixa deslumbrar. Na verdade, apesar de seu ar de conquistador, ele era um fraco, um deprimido crônico. Sua mulher lhe infernizava a vida. Roubava como uma alucinada nas lojas. Ele pagava tudo o que Olga quisesse, mas não havia jeito. Por causa disso ele tinha uns acessos de raiva inimagináveis, mas era incapaz de deixá-la. Acabei me cansando e terminei tudo antes de ir para Chicago.

— Só porque ele não conseguiu largar a mulher?

Ela deu de ombros.

— Não seja cretino. Eu não era ciumenta, mas as trapalhadas deles me horripilavam. Além do mais, Max estava ficando irascível. Andava muito afetado com as perseguições que lhe faziam. Enxergava conspirações em toda parte, e pelo que dizia o mundo inteiro queria a sua cabeça. Chorou em meus braços. Outras vezes, ao contrário, jurava que não entregaria os pontos, que tinha dossiês comprometedores sobre um monte de gente, e que essas pessoas não perdiam por esperar. E, no dia seguinte, desabava. Resolvi me distanciar, o que ele não agüentou. Telefonava sem parar, por pouco não batia no meu consultório em plena sessão, acusava-me de tomar partido contra ele. Um dia, contou-me que tinha juntado dinheiro suficiente para fugir para o exterior, queria que eu o acompanhasse. Como você pode imaginar, eu me neguei. Diante disso, ameaçou estrangular a mulher e se matar em seguida. Nada mais, nada menos! Quando me convidaram para ir a Chicago, aceitei correndo. Em outras circunstâncias teria recusado, mas então não titubeei. Liguei para Max do aeroporto para lhe dizer que estava tudo acabado entre nós, e tive a impressão de que era eu que fugia. Foi lá que fiquei sabendo da morte dele.

A imprensa disse que a mulher o assassinou. O contrário tampouco me surpreenderia. De toda maneira, não podia acabar diferente entre eles. Confesso que me senti aliviada. Ele morreu há uma semana e acho que já é uma eternidade. É isso — acrescentou, à guisa de conclusão —, você se perguntava como eu sabia do caso de Olga, agora já tem a resposta.

Mas não fiquei totalmente satisfeito. Para que a história se completasse, ainda restava esclarecer um ponto.

— Foi você que o apresentou a Zlibo?

Ela me lançou um olhar surpreso.

— Como sabe? Mais uma das suas deduções?

— Digamos, uma intuição — disse, acanhado.

Florence era inteligente demais para se contentar com essa resposta, mas não insistiu.

— Pois é, foi sim, apresentei-o a Zlibo — disse. — Foi no início do nosso caso. Melhor seria se não o tivesse apresentado, mas Zlibo não era obrigado a cair na conversa dele. O Círculo Freudiano andava com problemas de caixa. Max estava querendo investir. Graças a ele, o Círculo ampliou sua influência, multiplicou os seminários e os congressos, lançou sua fantástica revista, você sabe de tudo isso. Mas quando o nosso caso começou a degringolar, Max fez questão de torpedear tudo, pois tentava me atingir por intermédio de Zlibo. Apresentavam-no como um virtuose dos arranjos financeiros. Em matéria de desarranjo, também era um craque. Não sossegou até deixar o Círculo na lona. Ao mesmo tempo, ia juntando dinheiro para a fuga. Por isso é que eu evitava Zlibo, pois me recriminava por tê-lo levado à falência, mas o que podia fazer?

Muito pouco, de fato. Desde o início de seu relato, desconfiei que era ela a colega de quem ele me falara. Um garçom trouxe as sobremesas, nas quais mal tocamos. Paguei a conta e saímos do restaurante, sem dizer mais nada.

Lá fora recomeçara a nevar.

Florence me beijou distraída, depois entrou no seu Austin.

Ia arrancar quando me debrucei sobre ela e lhe perguntei:

— Que fim levou o dinheiro que Max juntava para fugir?

— Não tenho a menor idéia.

E sem me dar tempo de responder, engatou a primeira. Instantes depois, virava na rua Halévy e me vi sozinho no bulevar des Capucines. A neve se acumulava no meu casaco, mas não me mexi. Pensava no que ela acabara de me dizer.

Mais uma vez tive a impressão de que mentira. Uma nova suspeita se insinuou, tão tenaz quanto a primeira. Uma ladra podia esconder outra? "Max me acusava de ter lhe roubado", Olga contava. O resto se perdera no meu sono. De tanto me preocupar com isso, descuidei de um detalhe: Max *a acusava.* Isso não significava necessariamente que ela roubara. Aliás, será que Max acreditava mesmo nisso? "Pense bem", dissera-me, "é provável que você tenha alguma idéia sobre esse dinheiro." Uma idéia que se chamaria Florence? Talvez fosse nisso que me sugeriu pensar. Olga ou Florence? Ninguém melhor que eu para saber. Mas não sabia. Até aquela noite, pelo menos. Florence conhecia o palacete de Max. Podia muito bem ter ido lá antes de viajar. Como conseguira roubar Max? Conhecia o segredo do cofre? O dinheiro, ao contrário do que Max dissera a Zlibovic, estaria escondido em outro lugar? Eu não tinha a menor idéia, mas os sete milhões haviam sido roubados e, pouco depois, Florence viajava para Chicago. Se fosse ela a culpada, o mínimo que se podia dizer era que tinha jogado fantasticamente bem. Olga seria acusada e o casal infernal acertaria suas contas se entredevorando. O resultado superava as expectativas. Entendo que ela se sentisse aliviada ao saber da morte de Max. E se sentiria mais aliviada ainda quando soubesse da de Olga.

Quanto mais eu pensava, mais essa hipótese me parecia plausível. Será que Florence cogitara em devolver o dinheiro a Zlibovic? Mas agora que ele morrera e que o Círculo Freudiano estava prestes a render a alma, a questão já não se colocava. Florence podia dispor daquele dinheiro. Gostava do luxo, dos lugares sofisticados, de tudo o que a riqueza proporcionava. Com aqueles sete milhões, compraria os móveis caríssimos da Eileen Gray que tanto desejava, conjuntinhos das grifes Jean-Paul Gaultier, Yogi Yamamoto ou Karl Lagerfeld, passaria temporadas nos hotéis mais caros e, claro, investiria o resto em aplicações rentáveis. Mathieu teria direito a mais viagens de férias e mais presentes. Quanto a mim, será que diminuiria a pensão alimentícia que eu devia lhe dar e — por que não? — será que me ajudaria a cobrir o rombo da minha conta bancária? No final, daria tudo certo. "Se puser a mão nesse dinheiro, faça bom proveito", disseram-me Zlibovic. Era a Florence que devia ter feito essa recomendação.

No bolso da calça o pacote da Bernstein formava um bolo. Isso me deu um pouco de ânimo. Fui pegar o carro achando que provavelmente não passaria as festas de fim de ano sozinho.

Mas não consegui pensar em mais nada que não fossem aqueles sete milhões. A idéia de que Florence podia ter se tornado a dona da bolada não me deixou pregar olho a noite toda.

Liguei para ela na manhã seguinte, mas ouvi sempre a secretária eletrônica, que me informava que nem ela nem Mathieu estariam em casa antes da semana que vem. Não tinha perdido tempo para se dar ao luxo de um fim de semana às custas de Max. Pensei que era melhor esperar sua volta, e não deixei recado.

Lá pelo meio-dia fui almoçar no Tai-Fon, onde li o *Libération*. Chapireau cumprira a promessa a respeito de Zlibovic. Uma página inteira era dedicada à sua vida e obra sem que houvesse muitos detalhes sobre as circunstâncias do suicídio ou sobre suas dificuldades financeiras. Como de hábito, o jornal trazia as reações das pessoas que o conheceram. Claro, os maiores nomes da psicanálise lhe faziam elogios. Florence preferira se abster.

Quanto a Olga, Chapireau também agira corretamente. Anunciava-se a descoberta do cadáver no Père-Lachaise, mas em nenhum momento se estabelecia uma ligação entre sua morte e a de Zlibovic. Interrogado pelo jornalista, Chapireau admitia ter se enganado ao atribuir a Olga o assassinato de Max Montignac. Na verdade, Max é que, num acesso de loucura assassina, estrangulara a mulher — segundo a autópsia, ele a teria matado na segunda ou na terça-feira anterior à sua própria morte —, e depois se livrara dela escondendo-a numa sepultura.

Chapireau jurava que estava fazendo tudo para prender o verdadeiro assassino de Max Montignac, a seu ver um financista inescrupuloso.

Eu não sabia até onde iam os seus dotes de policial, mas para jogar com a realidade ele tinha talento.

Depois disso, fiquei pensando que também já era hora de acertar minhas próprias contas. Pelo menos as que podia. Voltando para casa, escrevi a Mai-Li. Fazia uma semana que ela não vinha. Disse-lhe que não estava zangado por ter prestado o depoimento, pois as ameaças da polícia não lhe deixaram escolha. Agora estava tudo bem, e se quisesse voltar seria bem-vinda. Juntei à carta os oito mil francos que me sobraram da passagem pela Bernstein: o mês que eu lhe devia e suas festas de Natal, e mandei o envelope para o restaurante do XIIIe *arrondissement* onde ela trabalhava.

Depois, pensei, só me restava vender o Volvo com o porta-malas batido e talvez parte da mobília se quisesse evitar a fúria do banco.

Mas não queria evitá-la desse jeito. Novamente pensei em Florence. Se ficara com o dinheiro era, sem dúvida, graças à sua habilidade, mas se podia guardá-lo era, em parte, graças a mim, ao que sofri enquanto ela estava do outro lado do Atlântico. Peguei o telefone e, dessa vez, deixei um recado pedindo que ligasse para mim assim que voltasse.

Depois, liguei para Rebecca.

Com o pacote em cima da mesa de centro, escutei, apreensivo, o telefone tocar. Mas não ouvi uma secretária eletrônica.

— É você? — ela perguntou.

— Sou eu — disse com voz hesitante, temendo que me mandasse às favas. — Queria pedir desculpas por aquela última vez.

Nenhuma resposta. Tomando coragem, acrescentei:

— Estou... estou com muita vontade de te ver.

Novo silêncio, interminável, e depois:

— Tem certeza que não prefere o seu travesseiro?

Comecei a rir.

— Tenho, é com você que quero ficar.

— Nesse caso, vamos nos ver à noite?

Combinamos que ela passaria em casa lá pelas oito horas, e desliguei.

Só de pensar em revê-la me senti excitado como se se tratasse de um primeiro encontro. Imaginei-a na minha frente usando apenas os brincos da Bernstein, como no poema de Baudelaire:

A mui querida estava nua e, conhecendo meu coração,
Só guardara suas jóias sonoras.

Levantei os olhos para *O fim do mundo.* Parecia que o quadro me olhava e compreendi que comprara os brincos porque lembravam corações de alcachofra.

Com esse pensamento subi ao consultório para as sessões da tarde.

Minha primeira paciente era a professora de matemática. Já estava meia hora atrasada. Era evidente que não viria. Não havia nenhuma dúvida sobre o que devia ter acontecido na Bernstein, pois ela não tinha o virtuosismo de Olga. Estava quase esperando uma ligação de Chapireau me convocando com urgência à delegacia. Dessa vez, não teria o meu testemunho.

No mais, e salvo o depressivo, não tive nenhuma baixa a registrar. O Ejaculador Precoce era meu último paciente do dia. Apresentou-se com a pontualidade de praxe.

— Viu o que aconteceu com ela? — disse, deitando-se. — É verdade que não foi ela que matou o marido... em matéria de equívocos, a gente pode confiar na polícia..., mas mesmo assim não sei se devemos ter pena dela ou condená-la. Tudo isso é culpa do sexo. Das mulheres, com o sexo delas. Vivem exigindo coisas dos homens. Compreendo o marido, deve ter se enchido das suas exigências.

E se lançou numa de suas eternas diatribes contra as mulheres, que, depois de provocar os homens ao máximo, exigiam que eles controlassem seus ardores para que tivessem tempo de aproveitar. A seu ver, uma situação impossível. Isso me levou a pensar no porta-malas do meu carro, que ele amassara. Mas não via como lhe dar um toque sobre o assunto, pois a situação psicanalítica não se prestava a discutir com os pacientes detalhes de laudos — nem que fossem amistosos — para companhias de seguro. Assim sendo, ia dar o sinal de partida da sessão quando, de repente, ele me falou da professora de matemática.

— Para ela foi muito duro suportar a sua ausência na semana passada. Esperou a tarde toda embaixo do prédio. Já imaginou, com esse frio! Ainda bem que eu estava lá. Empenhei-me em consolá-la o melhor que pude. É uma pessoa muito sensível, sabe, que escolheu se dedicar à educação da mocidade e não à dramática obsessão pelo sexo. É prova de grande probidade moral. Acho... que gostaria muito de revê-la. Surpreende-me que não tenha vindo hoje. Às quintas-feiras, tem hora antes de mim. Postei-me no Jean Bart no início da tarde para esperá-la. Mas deve ter tido um contratempo, pois tenho certeza que é muito séria.

Desejei-lhe bom proveito e encerrei a sessão.

Eles devem ter se cruzado na escada, pois, assim que ele foi embora, bateram na porta. Espantado, fui abrir. E se fosse a professora de matemática? Ou Chapireau a soltara ou o Ejaculador Precoce tinha razão: ela tivera um contratempo.

Não era a professora de matemática, mas Érostrate.

Usava a roupa de Papai Noel e puxava o saco atrás de si.

— Você pode me receber? — perguntou.

Essa visita só me surpreendeu em parte. Respondi que não tinha muito tempo para dedicar a ele e me afastei para deixá-lo passar. Fugindo à regra, seu hálito não cheirava a anticongelante.

O consultório o deixou bastante perplexo. Parecia estar entrando no santuário do freudismo.

— Então é assim num psicanalista! O paciente fica ali no divã; e você, nesta poltrona, fica escutando. Certo?

Com um sinal de cabeça lhe indiquei que não errara.

— Fazia tempo que queria vir aqui — disse —, mas não me atrevia. Não é uma decisão fácil fazer análise, você sabe. A gente se investe, é responsável pelos próprios atos, não tem que falar com o curador, nem se estiver em curatela reforçada... — Hesitou, e depois me fixou com um ar indagativo: — O que eu faço? Eu me deito ou me sento?

Apontei-lhe uma cadeira e sentei em frente a ele. Não sem olhar o relógio, ostensivamente. Rebecca não demoraria. Não sabia do que queria me falar, mas lhe dei dez minutos, não mais que isso. E se repetisse aqueles subentendidos a propósito de Olga, eu o poria para fora sem dó nem piedade.

— Desde que nos encontramos — começou —, não paro de refletir. Você nem imagina como estou motivado. Percebi que análise não é uma bobagem, dessas que a gente se deita só no sofá e depois não pensa mais no assunto, do tipo tchau, até a próxima. É uma coisa que ocupa a gente o tempo todo, que não nos larga. Mesmo quando se dorme ou se enche o tanque de anticongelante. A gente olha para os outros de outra maneira. Se quer saber minha opinião, a análise está em toda parte e o analista não está em lugar nenhum, a não ser na sua poltrona. Mas talvez o seu problema para começar uma análise comigo seja... — Parou, visivelmente constrangido, hesitou um pouco e continuou: — Seja... essa história de honorários. Então, vou logo deixá-lo à vontade. Pensei cá comigo que pagar a você só para lhe dar uns trocados, no fundo, não valeria a pena. Na verdade, tudo se paga, e mais ainda quando é grátis. Percebi isso com os vinte milhões da Loto. Desta vez, tomo minhas precauções, se você fizer sessões gratuitas vou ficar com a impressão de que elas não vão ser minhas, e não vou ter coragem de dizer o que quero. É por isso que prefiro pagar.

Com um gesto brusco, abriu o fecho éclair do seu saco de rodinhas. Para minha grande surpresa, jorrou uma avalanche de notas de quinhentos francos que cobriram todo o chão.

— Sete milhões está bem? — perguntou.

Boquiaberto, olhei os maços se espalharem no tapete. Em alguns pontos formavam montinhos que cresciam a olhos vistos.

Deu um sorriso triunfante.

— Foi a sua paciente do Lancia que me deu para guardar. Roubou do marido.

— Olga! — exclamei, tão surpreso com essas palavras quanto com as notas que se amontoavam diante de mim.

— É, eu andava querendo lhe falar dela há muito tempo, mas não sabia direito como atacar. O que aconteceu entre a gente não é nada corriqueiro. Como já lhe disse, circulo um bocado pelo bairro. Olho ao redor, vou aos bares, observo. Um dia ela me abordou. Eu não teria feito isso, pois as mulheres, comigo, é complicado. Na repartição, eu queimava as pastas e mais nada. Ao passo que as mulheres, mesmo com o dinheiro da Loto, eu não tinha coragem. Quando ela saía da sua casa e o marido não estava esperando, a gente ia ao Jean Bart. Ela pagava uma rodada de anticongelante, sem nem ligar para o preço! Uma mulher bacana, que tinha todo o dinheiro que quisesse. Mas nem por isso deixava de roubar. Um dia, no Jean Bart, aproveitou que o patrão estava de costas e roubou uma garrafa de rum. Só por prazer. Estava no sangue. Já vi muito profissional de roubo, mas nada comparável. Ela me levava para as lojas, eu me plantava num canto e ficava olhando. Não queria que eu ficasse ao lado dela, pois iria atrapalhar. Foi por isso que nunca a acompanhei à Bernstein, aonde vivia indo. Uma pena, bem que gostaria de vê-la agindo por lá. Porque o que ela fazia, tem que se reconhecer que era grande arte. Nunca a vi sair de algum lugar com as mãos abanando, mesmo se estivesse com todo o esquema de segurança grudado no pé.

Custou-me acreditar no que estava ouvindo. Olga e Érostrate iam ao bar juntos, percorriam as lojas juntos, e eu não sabia de nada! Depois da morte dela, eram outras pessoas que me diziam quem ela era ou o que fazia.

— Ela me dava o que roubava — continuou Érostrate. — Você precisa mais do que eu, dizia. Era verdade, mas quase sempre ela roubava o que ia encontrando nas prateleiras, e nem sempre eu sabia o que fazer com aquilo. Uma vez me deu umas meias-calças de mulher. Gostava muito de roubar uns troços assim. Dizia que se lembrava da sua estréia. Mas eu não ia pôr aquelas meias-calças! Então, jogava tudo no fogo. É claro que não era igual às notas de quinhentos francos da Loto, mas era melhor que nada. Agora que morreu — acrescentou, triste —, vou sentir falta dela. Olga me dizia que queimar as pastas da DPE 12 ou roubar nas lojas, no fundo, era igualzinho. Foi por isso que a gente virou cúmplice de verdade.

Com toda a certeza, ele esperava que eu fizesse um comentário, mas, como não fiz, observou:

— É estranho que você não me pergunte nada de sexual — disse, com jeito de quem estava me lembrando as minhas obrigações. — Ela me dizia que sempre se tratava disso na psicanálise. — Pareceu hesitante, e depois: — Porque, nesse capítulo, as coisas não andam muito bem, não. Um dia fui com ela lá no XVIe *arrondissement*. No palacete onde o marido foi assassinado. Chique à beça. Nem com a Loto eu poderia comprar aquilo. E começou a me contar como é que acontecia com o marido. Ele lhe dava pancada e uns outros trecos assim. Aí ficou pelada, para me mostrar. Sabe, mulher nua, não vi muitas na minha vida, não. Uma vez, no hospital, entrei por engano nos chuveiros delas. Gritaram tanto que dei no pé rapidinho e não tive tempo de ver nada. Mas ela me deu tempo. Tinha marcas por todo lado. Sofria muito com o marido, pode crer. Na minha opinião, os jornais estão certos, ele a matou. Depois da sessão com você, ele veio buscá-la e a levou embora no carro dele. Deve ter sido por isso que o Lancia ficou embaixo do seu prédio. Mas, por favor! Não estou dizendo que ele matou de propósito. Eu me inclino mais pelo acidente. Deve ter apertado um pouco forte demais, ela não teve tempo de reclamar e, sem querer, crec! Uma imprudência no fogo do amor, se preferir. É muito possível, pelo que pude perceber. Porque, depois de ter se mostrado toda, ela quis que eu fizesse que nem o marido. Pense bem! Já o amor tradicional não é comigo, para o amor especial, então, é melhor bater em outra porta. Mas ela insistiu. Você fica bem violento, ela me disse, e me aperta a garganta com toda a força. Para satisfazê-la, apertei um pouco. Ela reagiu na mesma hora, começou a rebolar para todo lado gritando para eu continuar, para mandar ver. Mas não consegui, estava com muito medo e a gente parou. Ela ficou zangada. "Em matéria de amor você é uma negação", ela disse, enquanto se vestia. Fiquei muito triste. Foi aí que me aconselhou que eu viesse vê-lo. Pensou que eu tinha problemas sexuais e que você podia me ajudar, porque era essa a sua profissão.

No tapete, os milhões continuavam a se espalhar tranqüilamente. Jorravam um pouco mais devagar, mas invadiram boa parte do consultório, e uns montinhos de notas ainda se formavam aqui e ali. Érostrate era o dono de tudo, graças a Olga, ou pelo menos graças à sua morte.

— Você não conseguiu mesmo estrangulá-la? — perguntei.

Ele ficou encabulado.

— Pois se estou lhe dizendo! Era mais forte que eu, não podia. Depois a gente não tentou mais. Juro. Segundo ela, eu precisava me tratar. Agora que morreu, tenho que fazer as últimas vontades dela. Por isso é que estou aqui. — Mostrou-me as notas espalhadas ao redor: — No início, tinha oito milhões. Por aí você vê como ela gostava de mim, para me entregar tudo isso. Acho que realmente me amava muito, apesar dos meus problemas sexuais. Mas quando fiquei sabendo da morte dela, achei que esse dinheiro era meu. Fiz muito bem de não devolver ao marido, ele não teria tempo de gastá-lo. Isso me faz lembrar a Loto. Só comigo acontece isso. E aí comecei a queimar as notas. Um milhão, por alto. Mas é melhor usar o resto com o divã, antes que acabe tudo na lareira. Não sei quanto isso vai custar, mas prefiro que você pegue tudo. Para pagar as sessões futuras. Com sete milhões dá para um monte delas. Porque, sabe, a gente pode queimar essas notas, mas não pode queimar as sessões de análise.

Senti-me um miserável. Como podia ter me enganado a tal ponto? Aquele homem fazia uma demanda de análise, talvez — o que era raro — uma verdadeira demanda. Com incrível confiança, estava disposto a pagar sete milhões. E dizer que achei que era um chantagista! Será que eu tinha perdido o senso de medida? E dizer também que desconfiei que Florence tinha roubado aquele dinheiro! Diante de mim se amontoavam seus móveis Eileen Gray, seus conjuntinhos Jean-Paul Gaultier, Yogi Yamamoto e Karl Lagerfeld, suas temporadas nos hotéis chiques, seus investimentos de alta rentabilidade. Nunca ela veria a cor daquele dinheiro, se é que pensou nele ao dormir com Max. Quanto ao seu confortável fim de semana com Mathieu, devia ter sido, como de costume, na casa dos pais, na Borgonha. Curiosa mudança. Com aquele dinheiro, não só eu não teria mais que pedir um desconto na pensão alimentícia, como até poderia aumentá-la se me desse vontade. Mathieu sempre acabaria se dando bem. Fosse com Florence ou comigo, seria paparicado de qualquer maneira. Meu banco também se daria bem. Agora, Lamy estenderia o tapete vermelho quando me visse na agência. Eu não precisaria mais vender o Volvo ou os móveis, e até poderia trocá-los se me desse na telha. E, além do mais, havia Rebecca! Ela teria todas as exposições que desejasse, sem precisar aturar os diretores de galerias.

Tudo estava a meu alcance.

Meu olhar foi de Érostrate, que aguardava vagamente inquieto, ao saco de rodinhas de onde escapava a sua fortuna. Uma ampulheta que se esvaziava interminavelmente. Sete milhões! Quatro sílabas que resolveriam diversos problemas.

— E aí? Está legal o que eu contei? — perguntou Érostrate.— Acha que posso ir para o divã?

No apartamento vizinho, uma mulher cantava: "O mundo inteiro estremece de esperança". A última vez que a escutei foi quando recebi Olga.

Fiquei pensando uns instantes. "Nossa vocação é permitir que um discurso humano se imponha", dissera-me Zlibovic. E acrescentou: "Se puser a mão nesse dinheiro, faça bom proveito". Sem a menor dúvida, eu iria fazer bom proveito. Um estranho contentamento tomou conta de mim, bem mais intenso do que o que senti ao pensar no que podia fazer com aquele dinheiro.

Num gesto, apontei para os milhões espalhados no tapete:

— Sinto muito — disse —, uma análise não se paga antecipadamente. Você vai ter que se virar para ir pagando cada sessão.

Ele ficou estarrecido. Seu olhar se fixou nas notas, depois se voltou para mim, quase suplicante. Expressava ao mesmo tempo desespero e imensa perplexidade.

— Mas se eu guardar esse dinheiro, vou queimá-lo! — reclamou.

Não disse mais nada.

Era inútil.

— Você que decida se quer fazer análise.

E pela primeira vez em muito tempo tive a sensação de ter dito uma frase de analista.

1ª EDIÇÃO [1999]
2ª EDIÇÃO [2002] 1 reimpressão

ESTA OBRA FOI COMPOSTA PELA HELVÉTICA EDITORIAL
EM BASKERVILLE E IMPRESSA PELA GEOGRÁFICA EM OFF-SET
SOBRE PAPEL PRINT-MAX DA VOTORANTIM PARA
A EDITORA SCHWARCZ EM ABRIL DE 2002